近藤史恵

天使はモップを持って

実業之日本社

実業之日本社文庫

目次

天使はモップを持って

CLEAN.1

オペレータールームの怪

ぴっかぴかなのは、小学一年生だけではない。

可愛《かわい》らしさの点では劣るが、社会人一年生だって、それなりにぴっかぴかだ。学生のときには無縁だった、グレーの折り目のついたスーツ。黒の革靴。ワイシャツのカラーは少し窮屈だが、ネクタイだってまっさらだ。ランドセルならぬ、黒い鞄《かばん》をさげて、元気に手を振って通勤する。ラッシュだってなんのその、だ。

無気力世代とか言われるが、これから社会人としてやっていくのだ。頑張るぞ、という気持ちが風船みたいにぱんぱんに詰まっている。なんたって、あの過酷な就職活動を乗り越えてきたのだ。頑張らずにはいられようか。

ということで、ぼく、梶本大介《かじもとだいすけ》が、新入社員研修のあとに配属されたのは、社内のオペレータールームだった。

まあ、営業とか企画とかそういう部門に比べれば、地味と言っちゃ地味だが、そこは新入社員の元気さである。仕事ができるだけで、なんとなくうれしいのだ。

オペレータールームにいる社員は、ぼくをのぞいて五人。

宮下《みやした》課長は、童話に出てくるノームみたいな鼻をした背の低い男性で、ぼくにとってははじめての上司だ。ドラマなんかで見る上司は、ばりばりのやり手だったり、反対に新入社員をいじめる嫌《いや》な奴《やつ》だったりするが、意外なことに宮下課長はどちらでもなかった。

「まあ、梶本くん、のんびりやりなさい」というのが口癖で、しょっちゅう社内をうろうろしている。かといって、仕事をおろそかにしているわけではない。もともと、仕事量にムラがある部署だけに、仕事が殺到したときは、殺人的な忙しさだ。そういうときの、課長の集中力と言ったら。

机にへばりついて、着々と仕事をこなしていく。しかも、そんなときに質問に行っても、嫌な顔ひとつしないのだ。

上司運という点で言えば、かなりアタリ、と言えるだろう。ときどき、ぷい、といなくなって、探すと、別の部署の女の子とくっちゃべっているのが、問題と言えば問題だけど。

オペレータールームの仕事内容をいちばん把握しているのは、富永《とみなが》先輩である。

背の高いショートカットの綺麗《きれい》な人で、はじめて会ったとき、ぼうっとなってしまった。旦那さんだけでなく子どもまでいる、と聞いて、どれだけ悔しかったことか。

仕事もできるし、おまけに親切だ。ばりばりのキャリアウーマンと言うと、どこかぎすぎすした印象があるが、彼女に関してはまったくそんなことはない。自分の仕事の手が空いたときは、お茶も入れてくれるし、いつも笑みを絶やさない。きっと、家庭でもいい奥さんなんだろうなあ、なんて考えてしまう。

ここまでだと、いい上司や先輩に恵まれているんだな、と思われそうだが、実は残りの三人の先輩は、かなり苦手である（ナイショの話）。

三人ともオペレーターの女性で、ひとりは入社して十年以上になるベテラン、残りは若い女の子。彼女らは、高校卒業後に入社しているので、大学を卒業して入ったぼくよりも、年下なのに、先輩ということになり、なんだか扱いに困ってしまうのだ。嗚呼《ああ》。年上なのは、植田《うえだ》さん。年下なのが、鴨川《かもがわ》さんと二宮《にのみや》さんだ。女性らしく、いつも三人で行動している。

あとは、仕事に応じて派遣社員が何人か。

とりあえず、そんなこんなで、ぼくの社会人生活ははじまったのだ。

その奇妙な女の子と出会ったのは、入社してから半月ぐらいが経《た》った頃だった。

任された書類が、昨日中に終わらなかったこともあり、ぼくはいつもより一時間早く、会社に出た。正面玄関はまだ開いていないから、いつも残業したときに帰る社員通用口から入る。警備員のおじさんに、元気よく挨拶《あいさつ》して、エレベーターホールに向かう。ロビーの横を通り過ぎたときに、ぼくは強烈な違和感に襲われた。

なんか、間違い探しの絵をいきなり、目の前に突きつけられたような感じがする。ぼくは、ビデオの巻き戻しみたいに後戻りして、ロビーを覗《のぞ》き込んだ。

業務用掃除機の強いモーター音がする。カーペットの掃除を朝からやっているのだ。それ自体は別に不思議なことじゃない。受付の綺麗なおねえさんがいないことをのぞけば、いつも通りのロビーである。

真ん中の大きな柱の陰から、ワゴンのような巨大な掃除機が現れた。押しているのは掃除のおばちゃんだろう。そう思って立ち去りかけた瞬間、ぼくは目を疑った。

掃除機を押しているのは、若い女の子だった。それも、半端な若さではない。十七、十八歳くらいだろうか。赤茶色にブリーチした髪を高い位置できゅっとポニーテールにし、耳には三つも四つもピアスをぶら下げている。

綺麗に日焼けしたつやつやの肌、小柄な身体《からだ》にぴったりした白いTシャツに、黄色いミニのプリーツスカート、黒のごつい安全靴。渋谷や原宿なんかを歩いているようなタイプだ。

どう見ても、社内の掃除をしているのにふさわしい人間じゃない。彼女のまわりはあまりに異空間である。

驚きのあまり、まじまじと見つめすぎてしまったようだ。彼女は、掃除機のスイッチを止めて振り返った。すらり、とした足に目を奪われる。

「おじさん、なあに。なにか用?」

その口調は、あまりにも無邪気で自信ありげだった。おかしい、と思う自分の方がおかしいのではないか、と考えてしまうほど。そして、ぼくは彼女にとって間違いなく「おじさん」だ、と納得してしまうほど。

「いや、なんでもないです。ごくろうさまです」

ぼくはどもりながら答えて、逃げ出すようにその場を後にした。しかし、頭の中には今見た光景がぐるぐるしていた。

ロビーにある創立者の像が、タップダンスを踊っていたぐらい、衝撃的な光景だった。

彼女はどうやら社内の名物らしかった。

「なんかあ、会社のお偉いさんのお嬢さんという噂《うわさ》があるんだけど」

オペレーターの二宮さんが、教えてくれたが、本当かどうかはわからない。わかっているのは、「キリコ」という名前で、夕方以降に現れ、朝までひとりでこのビルの清掃を全部やっているらしいということ。

「なんでも掃除の天才で、キリコちゃんが歩いたあとには、一ミクロンの塵《ちり》も落ちていないっていう噂よ」

それはあまりに大げさだろう。だが、ひとりで掃除をやっているのはたしからしく、このビルの中でほかの清掃作業員がいるのは見たことがない。

残業をやっているときなど、よく見かける。おじさん連中が、鼻の下を伸ばしてにこにこ話しかける気持ちはわかるが、どうやら若い女子社員にも人気があるようだ。

「キリコちゃん。今日の髪形可愛い～」とか、「その服、どこの？」とか、よく話しかけられている。なんだか不思議な気がする。

「えー、だって可愛いじゃない」

二宮さんが唇を尖《とが》らせた。

「いやー、可愛くないわけじゃないと思うんですけど」

たしかに、可愛いと言えば可愛い。くりくりした目は子栗鼠《りす》みたいだし、まつげだって信じられないくらいに長い。だが、どうもあの派手な格好には抵抗がある。肌を焼くのをやめて、髪を黒く戻し、清楚《せいそ》なワンピースでも着ていれば、どんなに可愛いだろう、と思うとどうももったいないような気がするのだ。

そう言うと、二宮さんは腹《はら》を抱えて笑った。

「やだー、それって発想がおじさん～」

どうやら、ぼくがおじさんであることは間違いないようだ。

「大ちゃんっ、昼ご飯一緒に食べに行かない？」

オペレーターの鴨川さんが、ぼくの肩をどんっとついた。思わずつんのめりそうになる。

「パスタ屋のランチバイキング見つけたのよ。一緒に行こう」

「え、ええ。いいですけど」

ひきつった笑みを浮かべて答える。昼食に誘われるのは、嫌ではないけれど、大ちゃん呼ばわりはないだろう、と思う。一応、こちらの方が年上なんだから。でも、そう呼びはじめたのは、ベテランオペレーターの植田さんだけに、こっちとしても

「やめてください」とは言いにくい。

新入社員仲間が、「年下の女の子にくんづけで呼ばれるの、抵抗あるよな」と言っていたが、こっちはそれどころではない。

男は課長だけ、という部署だからほとんど彼女らのおもちゃである。最初から「彼女いるの？」とか、「どんなタイプの女の子好き？」とか質問攻めにあった。女の子にちやほやされているようで、気分が良かったのは最初だけ。「大きいバストと小さいバストどっちが好き？」とか聞かれるに及んでは、完全にセクハラだ。きっぱり「大きい方が好きです」と言えば、スケベ呼ばわりされるし、かといって、顔を真っ赤にして「やめてください」では、よけい彼女らを喜ばせるだけである。

ぼくは中年になっても絶対、新入社員の女の子をからかって遊んだりしないぞ、と夜空を見上げて、星に誓った。

十二時のベルが鳴った、と思ったら、右手に鴨川さん、左手に二宮さんが飛びついてきた。

「ささ、大ちゃんっ、ご飯ご飯」

前の机に座っていた富永先輩が、ちらり、と顔を上げた。女の子に両手を摑《つか》まれても、鼻の下を伸ばしたりしてない、と無意味に険しい表情を作ってみせる。

富永先輩は特に表情も変えず、仕事へ戻った。ぼくはふたりに、ずるずると引きずられるように、机を離れた。ドーナツ屋の景品のバッグを持った植田さんが、後に続く。

覚悟はしていたが、連れていかれたのは女の子が好きそうな、可愛い内装のイタリア料理店だった。大学時代もあんまり女の子に縁がなかったから、こういう店は苦手である。

幸い、お昼はバイキング形式だから、「森のきのこのスパゲティ」とか「ポテトおばさんのあつあつグラタン」とかいう、恥ずかしいオーダーをしなくてもすみそうだ。

料理を適当にとって、隅のテーブルに陣取る。植田さんが器用にフォークを操りながら、聞いてきた。

「どう？　もう仕事は慣れた？」

口の中のスパゲティをあわてて飲み込む。

「はい、おかげさまで」

「なんか、優等生っぽい答えだなあ」

鴨川さんは、長い髪を束ねながら含み笑いをした。じゃあ、どう答えろと言うのだ。

「でも、大ちゃんがきて、毎日に張りが出たよねえ」

「そそ、やっぱり若くて可愛い男の子がいなきゃ」

水を飲んでいる途中に言われて、むせそうになる。

「ちょっと、やめてくださいよ」

「あら、若い男の子ならだれでもいいってわけじゃないよね。いじめて楽しいタイプじゃなきゃ」

「いじめて楽しいタイプって、どんなのですか？」

「大ちゃんみたいなタイプ」

ここにあと二時間いたら、一生女嫌いになりそうだ。せめて、なんとか話題を変えたい。

二宮さんが耳たぶのイヤリングをいじりながら笑う。

「だって、富永さんも大ちゃんのこと気に入っているみたいじゃない」

ぼくはあわてて話題をそらした。

「富永先輩、すごいですよね。昼ご飯の時間も返上して仕事なんて」

ふ、と空気が嫌なふうに曇ったような気がした。植田さんが、ぶっきらぼうに言う。

「がんばりやさんだから、彼女」

ことばにはなんとなく、毒があった。

「やっぱり、総合職だし、もともとわたしたちとは違うのよね」

二宮さんが、ペン先の形のパスタをフォークで突き刺しながら言う。

「でも植田さん。富永さんって、あんまり残業しないじゃないですか。あれって、ちょっとずるいですよね」

「それは、富永先輩、結婚して子どももいるし、子どもさんを保育所に迎えに行かないとならないからだって。その代わり、朝早く出勤したり……」

言っている途中、鴨川さんが目線で「バカ」と言うように合図を送っていることに、やっと気づく。植田さんは、一段と不機嫌さの増した声でつぶやいた。

「いいんじゃない、わたし、別に悪いなんて言ってないわよ」

そう言えば植田さんは、富永先輩よりも年上なのに、まだ結婚もしていないし、かと言って先輩ほど重要な仕事を任されているわけでもない。やはり、先輩に対してコンプレックスがあるのだろうか。

鴨川さんと二宮さんは、植田さんのご機嫌をとるためか、口々に富永先輩の悪口を言いはじめた。

「気取っている」とか「こっちのことをバカにしている」とか。ぼくは、彼女らと一緒に食事にきてしまったことを後悔した。黙ったままでは、ぼくまで一緒に富永先輩の悪口を言ったことになってしまう。大人しくして、これ以上「可愛い」だの「いじめて楽しい」だの言われるのもいやだった。

思いきって口を開く。

「ぼく、富永先輩を尊敬していますよ」

みんなの視線がぼくに集まった。ざまあみろ、という気持ちと、まずいかも、と思う気持ちが交錯する。植田さんが、小さな声でそう、と言った。

「よかったじゃない、それは」

びびっている、と思われたくないから、ことばを続けた。

「先輩のこと、嫌いなんですか」

鴨川さんと二宮さんが、顔を見合わせると同時に、植田さんが答えた。

「嫌い」

あまりにはっきりした返事に、ぼくは困惑した。

「どうしてなんですか」

植田さんは、くすり、と鼻を鳴らして笑った。

「なんとなく、ね。むかつくのよ」

あからさまな答え。ぼくは、どうしていいのかわからず、下を向いた。残りのふたりも気まずそうにしている。

植田さんは、今までと打って変わった明るい口調で、話し始めた。

「ちょっとお、食事時にこんな話やめようよ。美味《おい》しくなくなるじゃない。それに大ちゃん、あんまり食べてないじゃない。せっかくのバイキングなのに。もっと取ってきてあげるから」

ぼくのお皿を持って立ち上がろうとする。

「いえ、もうお腹いっぱいですから」

「駄目駄目、なんのために若い男の子を連れてきたんだと思っているのよ。旺盛な食欲を見せてもらわなきゃ」

「いや、ぼく、もともと小食で……」

植田さんは、無視して料理の並んだテーブルの方へ歩いていった。戻ってきた彼女の手には、ボリュームのありそうなミートソーススパゲティとラザニアがてんこ盛りになった皿があった。

「さ、大ちゃん、食べて食べて」

やはり、女嫌いになってしまうのだろうか。

なんとなく揉《も》めている、ということは口調からわかった。電話を取った植田さんも、げんなりしているようだ。同じことを何度も繰り返している。

赤いランプが点滅しているから内線電話だ。

どうやら電話の相手の社員は、うちの部署が打ち込んだ情報に間違いがある、と怒っているらしい。だが、こちらも仕事である。正確を期すため、違うオペレーターによって二回打ち込み、ひとり目とふたり目の打ったものが違うときには、エラー信号が出るようになっている。打つのはプロだし、そう簡単に間違うことはないのだ。

「ですから、それはお客様の契約書自体の誤字なんです」

植田さんは疲れはてたような声で喋《しゃべ》り続けている。

「こちらとしては、契約書の通りタイピングするように言われてますので、誤字があってもここで正すわけにはいかないんです。契約書と内容が少しでも違うと、無効になりますんで」

そんなことははじめて聞いた。そう言えば、明らかに間違った文字でも、わざわざ外字作成までして、再現したことがあった。

「ですから、問題がある場合は、契約書から訂正していただくことに」

言い終わる前に、向こうの電話口から大きくまくしたてる声が響く。植田さんは、顔をしかめて、受話器を耳から外した。ぼくと目が合うと、お手上げ、というように肩をすくめてみせる。少し間を置いて、受話器を耳に当てた植田さんは、また同じ説明をしている。どうやら、話は堂々めぐりしているらしい。

課長はスポーツ新聞を読んでいるのに、植田さんに助けを出そうともしない。富永先輩も黙々と書類を数えている。

「わかりました。今、替わりますので、少々お待ちください」

いきなり叫んだ植田さんは、受話器をぼくに押し付けた。

「どどど、どうしたんですか」

「悪いけど、ちょっと聞いてよ。わたしじゃ手に負えないわよ」

そんなこと言われても、入社一ヶ月目の新人になにがわかると言うのだ。だが植田さんは、さっさと電話から離れた。ぼくは仕方なく、受話器を耳に当てた。中年男性の声が、受話器から聞こえてくる。

「お電話替わりましたが」

相手の言い分は、だいたい想像していた通りだった。打ち込みに間違いがある。生年月日の欄が、昭和のはずなのに、明治になっている。いくら契約書が間違っていても、明らかな間違いとわかるものは、直すべきではないのか、等々。

返事と言っても、ぼくにはさっき植田さんが言っていたことを、繰り返すしかできない。

「ええとですね。こちらとしては、契約書通りに打ち込むように、言われているんです。誤りがあるからと言って、こちらで訂正すると混乱が起きますので。ですから、問題がある場合は、契約書を訂正していただかないと」

電話の向こうの男は、少し黙り込んだ。

「やれやれ、融通が利かないもんだな。わかったよ」

面倒臭そうに言って電話は切れた。ぼくは、ほっと息をついた。見れば、手のひらにじっとり汗をかいている。ぼくは、植田さんの方を振り向いた。

「納得してくれたみたいですよ」

植田さんは返事さえしなかった。顔が怒ったように歪《ゆが》んでいる。そのまま、ぷい、とぼくに背を向けて、自分のパソコンの方に歩いていった。

混乱した。事態を治めて、どうして怒られなければならないのだろう。だいたい、受話器を押し付けたのは、植田さんじゃないか。理不尽な思いに、ぼくは唇を噛《か》んだ。

その日、植田さんはぼくと口をきこうとしなかった。


事件が起こったのは、それから三日後の昼過ぎのことだった。

机を整理していて気がついた。今日の午後に届けるはずの書類ができていない。たしか、それの作成は二宮さんに頼んでいたはずだった。

催促するのは苦手だが、仕方がない。ぼくは、二宮さんのパソコンの前に行った。

「すみません。二宮さん。出張所別の時間外勤務の表、できてますか？」

二宮さんは、テンポよくタイピングしながら、返事した。

「昨日中にあげて、大ちゃんの机の上に置いたよ」

机に戻って書類の山を探す。見あたらない。ぼくはあわてて、書類をひっくり返したり、ファイルの中を調べはじめた。

「ちょっとお、まさか、ない、とか言うんじゃないでしょうね」

顔から血の気が引く。だが、どこを見てもあるはずの資料はなかった。部屋の空気が急に緊張するのがわかった。

課長はいつものことで、どこかに消えてしまっている。富永先輩は、仕事の手を止めて、不安げな顔でぼくを見た。

植田さんと鴨川さんも、いつのまにかぼくの後ろに立っている。

「いつ、置いたの？」

鴨川さんが二宮さんに尋ねている。

「昨日の定時前よ。結構早く終わったんだもん」

覚えていない。脂汗が滲《にじ》む。ぼくはゴミ箱の中も探った。ない。

富永先輩の鋭い声が飛んだ。

「ちょっと、みんな、自分の机を調べてみて。紛れ込んでると困るから」

誰もが自分の机や、他の場所を探しはじめた。だが、見つからない。

二宮さんが泣きそうな声で叫んだ。

「わたし、もうやらないからねっ」

「すみませんっ」

思わず頭を下げる。だが、ぼくもまったくおぼえがないのだ。

富永先輩は少し青ざめていた。

「そんなこと言っても仕方ないでしょう」

「だって、わたし、絶対やって置いたんだもの。今日はもう、手一杯なんだから」

だが、ほかに手の空いている人もいない。富永先輩が、ぼくの机から元となるファイルを取った。

「わたしがやるわ。梶本くんは総務に行って、明日まで待ってもらうように言ってきて」

でも、富永先輩だって、ほかにも仕事がたくさんあるはずだ。

「だれかがやらなきゃしょうがないでしょう。なんとかこれだったら、ちょっと残業すればできると思うから」

植田さんや鴨川さんは、自分に負担がかからなかったことで、ちょっと安心したようだった。

先輩は、パソコンの前に座って電源を入れた。

その仕事が終わったのは、夜の八時半だった。ぼくは、先輩のほかの仕事を手伝いながら残っていたが、植田さんたちはとっくに帰ってしまっていた。

できあがった資料が、プリンターから次々吐き出される。先輩はそれをまとめながら、ごくろうさま、と言った。

「すみませんでした」

頭を下げる。ミスをしたおぼえはないけれども、ぼくの机に置かれたものがなくなったのだ。やはりそれはぼくの責任だろう。

「気にしなくていいわよ。トラブルはだれにだってあるんだから。これから気をつけてね」

自己嫌悪が澱《おり》のように胸に貯《た》まっている。ぼくは先輩から資料を奪い取った。

「残りはぼくがやりますんで、先輩はもう帰って下さい」

「大丈夫よ。最後まで付き合うわ」

「でも、お子さんのこととかあるでしょう」

「電話して、旦那に早く帰ってもらったの。気にしなくても大丈夫」

「いいえ、でも、このあとはひとりでもできますから」

先輩は少し迷った様子を見せた。

「そう、じゃあお願いします。ごめんね」

「いえ、今日はありがとうございました」

先輩が帰る準備をはじめたのを見届けて、ぼくは残りの資料をまとめはじめた。

「失礼します！」

元気のいい声がして、ドアが開いた。見れば、キリコ嬢が掃除機と大きなゴミ袋を抱えて立っている。そのまま、ドアに近いところから、ゴミ箱のゴミを集めはじめた。

まだ、五月はじめだ、というのに半袖《はんそで》のシャツを着て、足下《あしもと》はサンダルだ。短い裾《すそ》からのぞいたお臍《へそ》にも、シルバーのわっかのピアスがあった。親から貰った大事な身体になんということをするのだ。

ぼんやりしている場合じゃない。ぼくは、また仕事に戻った。プリントアウトされた用紙を、順番に束ね、ホッチキスで留めていく。

ふと、後ろから影が差した。振り返ると、キリコ嬢がぼくの後ろに立っていた。目が合うが、彼女はぼくから目を離そうとしなかった。まさに、凝視という感じで見つめ続けている。もしかすると、ぼくは自分で思っているよりも、いい男かもしれない、なんて、ちょっとうぬぼれてしまいそうだ。

おそるおそる、尋ねる。

「あの、なにか………」

彼女は、夢から醒《さ》めたかのように、瞬《まばた》きした。

「ううん、別に」

ぶっきらぼうに言うと、足下のゴミ箱をとって、中身を袋の中にあけた。そのまま、別の机へと移動していく。

さすが、格好がエキセントリックなだけあって、行動もなかなかのものである。

荷物を持った富永先輩が、ぼくの横を通った。

「じゃあ、ごめんなさい。お先に失礼するわ。梶本くんも、キリコちゃんの邪魔にならないように、早く切り上げてね」

「はい。今日はどうもありがとうございました」

富永先輩が助けてくれなかったら、どうしていいのかわからなかっただろう。彼女は、柔らかい笑顔を見せて、部屋を出ていった。キリコ嬢とふたりきりになったことに、ちょっと困って、ぼくはあわてて仕事に集中した。たまに、ちら、と見上げると、彼女はわき目もふらず、掃除機をかけていた。

だが、事件は一度では終わらなかった。それから、五日ほどたった朝、またぼくの机の上から、書類袋が消えたのだ。

今度は、前回みたいに、まだできあがっていないと勘違いする間もなかった。前日帰る前、鴨川さんからちゃんと受け取って、ぼくが机の右端に置いたのだ。引き出しやラックの中、ゴミ箱の中も探すが見あたらない。

嫌な考えが頭に浮かんで消える。もしかして、だれかの嫌がらせでは。でも、だれが、なんのために。

もう一度、書類袋がなくなった、と言えば、オペレーターの女の子たちだけではなく、富永先輩にまで呆《あき》れられるだろう。でも、自分ひとりでなんとかできるとも思えなかった。

とりあえず、少し落ちつこう。そう思って部屋を出た。ひとりになるため、人気のない非常階段に行って座りこむ。

腰を下ろすと、なんだかたまらないほど辛《つら》い気分が押し寄せてくる。情けないけど、もう仕事をやめたい、とまで思ってしまうのだ。いったい、どうしてこんなことが起こるのだろう。ぼくは一生懸命やっているつもりなのに。

だれかに恨まれるようなことも、したおぼえはない。だいたい、入社してまだ一ヶ月とちょっとなのだ、嫌がらせされるには日が浅すぎる。

ブルーな気持ちは雪だるま式に大きくなってくる。ぼくは、膝《ひざ》の上に額を押し付けて、深いため息をついた。

下からだれかが上がってくる気配がした。こんなことをしていて、さぼっていると思われてはかなわない、と立ち上がる。

上がってきたのはキリコ嬢だった。白い透ける素材でできた、金魚のプリントのワンピースを着ている。彼女がいる時間ではないのに、と少し不審に思うが、今はそれどころではない。鉄の扉を開けて、廊下に戻ろうとしたとき、目の前にゴミ袋が差し出された。

「これ、おじさんの?」

覗き込んで息をのんだ。袋に入っていたのは、まさになくなった書類と、フロッピーだった。

「どどどど、どこでこれを!」

受け取ろうとして手を出すと、ぱっと袋を引っ込められた。

「おじさんのなんだ」

「そ、そうだよ。助かったよ。今、探してたとこなんだ」

まさに地獄で仏。キリコ嬢の顔が天使のように見える。

彼女は黒目がちな目を、下から見上げるようにして瞬きした。なにか考え込んでいるようだ。

「急ぐんだ。返してくれないかな」

「だめ」

なんだ、なんだ。ぼくを強請《ゆす》ろうとでも言うのか。ぼくはできるだけ怖い顔をしてみせた。

「大切なものなんだけど。いったいどこで見つけたんだ」

「外周りのゴミ箱」

どうしてそんなとこにあったのか。だが、見つかったからにはそんなことはどうでもいい。

「お願いだから、返してくれないか。それがないと困るんだ」

彼女は書類の入ったゴミ袋を、後ろ手に回して、にっこり笑った。

「今、返してもいいけど、そうすると、また書類がなくなることになるよ。それって、もっと困るんじゃない」

ぼくは唖然《あぜん》として、彼女の顔を見た。キリコ嬢は、ぼくの耳元に唇を寄せて、ごにょごにょ、と囁《ささや》いた。


仕事が終わったあと、ぼくは七階の男子トイレに急いだ。この階は、会議室がメインだから、定時を過ぎれば利用する人はほとんどいない。

机を離れる前に、キリコ嬢の携帯を鳴らした。それを合図に、ここで待ち合わせをしているのだ。

彼女は、もうきていて、モップを片手に洗面台の上に、座りこんでいた。

「仕事はどうにかなった？」

ぼくはうなずいた。書類がなくなったことは、富永先輩にだけ告げた。先輩は、オペレーターの女の子たちには内緒で、手伝ってくれた。見つかったことを黙っておくのは心苦しかったが、現物はゴミと一緒にされたせいか、かなり汚れていて、どっちにしろ作りなおさねばならなかったのだ。

ぼくは洋式便器の蓋《ふた》を下ろして、そこに腰を下ろした。キリコ嬢には聞きたいことがたくさんあった。

「どうして、あの書類がゴミじゃないって、気がついたんだい」

彼女はモップの柄《え》を支えに、足をぶらぶらさせていた。可愛い顔に似合わない、ハスキーな声で喋る。

「確信があったわけじゃないけど、でも、ゴミ箱ってね、それぞれに個性があるの。書類がオフィス内のゴミ箱に捨てられているのは、全然不自然じゃないし、わたしも気にしなかったと思う。でも、外周りのゴミ箱って、ジュースの空き缶や新聞やパンフレットばっかりなんだもの。そんなかにこういうのが捨てられているのは、やっぱり変でしょ」

「なるほど」

「まあ、一度目はね、そういうこともあるかな、と思って、そのまま捨てたの。でも、その日の夕方、掃除しに行くと、おじさんがまったくおんなじ書類を作ってた。それで今朝、これを見つけたときも気になって」

「ちょっと待って」

「ん?」

「おじさんはやめてくれないか。こう見えても、きみとは五、六歳くらいしか違わないと思うんだけど」

キリコ嬢はふふん、と鼻を鳴らした。

「スーツ着て、サラリーマンやってたら、みんなおじさんよ。でも、まあいいや。名前、なんて言うの?」

「梶本大介」

「じゃ、大介」

中間はないのか、中間は。まあ、おじさん呼ばわりされるよりはましだと思うことにしよう。質問を続けた。

「また、書類がなくなるかもしれないって言うのは？」

「これを大介が見つけて帰っちゃうと、捨てた人は、次からもっと遠い場所に捨てちゃうかもしれないよ。駅とか家の近所とかに捨てられたら、どうしようもない。だから、だれがやったかがわかるまで、大介は見つけない方がいいの」

ぼくは思わず呻《うめ》いた。

「やっぱりだれかの嫌がらせなのかなあ」

「嫌がらせとは限らない。なんか、理由があるのかもしれないしさ」

キリコはぽん、と床に飛び降りた。

「とりあえず、だれがやったのか考えてみようよ。大介のオフィス、だれも残ってない？」

「うん、みんな帰ったけど」

「じゃ、ちょっと行ってみようよ。なんかヒントがあるかもしれない」

階段を下りながら、キリコは独り言みたいにつぶやいた。

「とりあえず、どっちも捨てられたのは朝だと思うんだ」

「どうして？」

「言ったでしょ。この書類がオフィスのゴミ箱に捨てられていたら、なにも違和感がないって。どうして、オフィスのゴミ箱に捨てなかったんだと思う。夕方なら、ゴミ箱はゴミでいっぱいだから、これ一冊くらい捨てても目立たない。でも、夜にわたしがゴミは集めてしまう。朝のからっぽのゴミ箱に、これが落ちていたら目立ってしょうがない。オフィスのゴミ箱は蓋のないタイプだし。だから、犯人は蓋のある外周りのゴミ箱に、捨てるしかなかった」

朝、いちばん早く出勤するのは富永先輩だ。だが、彼女がそんなことをするとは思えない。オペレーターの女の子も交替でお茶当番があるから、早く出てくることもある。

「出勤には関係ないかもしれないよ。一度出てきて、これを捨ててから、どこかで時間をつぶして出勤してくる可能性もあるからね」

ぼくは、ううむ、と唸《うな》った。それじゃあ、だれがやったのかわからないではないか。

オフィスに入ると同時に、キリコは、あ、と声を上げた。

「どうしたの」

「シュレッダーがあったんだ」

たしかにシュレッダーは、部屋のいちばん奥、富永先輩の机の横にあった。キリコはシュレッダーに駆け寄った。

「ねえ、どうして犯人はシュレッダーを使わなかったのかな」

大事な書類がシュレッダーにかけられるところを想像して、ぼくは身震いした。

「わかるもんか。ぼくは犯人じゃないんだから」

「わざわざ外になんて捨てに行かず、シュレッダーを使えばいいのに」

「シュレッダーがあったことを忘れてたんじゃないかな。よく使うのは富永先輩だけで、ぼくらはほとんど使ってないんだ。廃棄する書類とかも、一応先輩に渡すし」

彼女はシュレッダーの扉を開けて、中を覗き込んでいる。

「つまり、ほかの人がシュレッダーを使っているところが見つかったら、不審に思われるわけだ」

ぼくは、少し前の出来事を思い出していた。

「ぼく、もしかしたら植田さんに嫌われているかもしれない」

キリコは顔をあげた。何度か瞬きする。

「人間関係から洗った方がよさそうね。いろいろ話してみてよ」

ぼくは最近起こったできごとの数々を話し始めた。キリコは、少しずつ移動しながら、みんなの机の上を撫《な》でている。

机はそれぞれの個性を映し出して、どれも佇《たたず》まいが違う。小さなぬいぐるみだとか、キャラクターもののうちわだとか、可愛いものが乱雑に置かれた、二宮さんの机。肩凝り解消グッズや、キャンディーの袋だとか、気分転換のための小物が、規則正しく並べられている鴨川さんの机。植田さんの机はファイルやマニュアルなどが、大きさの順に綺麗に重ねられているし、富永先輩の机には、家族の写真やクラシックのCDが無造作に置かれている。

キリコは富永先輩の机にあった、ハードカバーの本を手に取った。アメリカの現代作家の短編集だった。

ぼくの話が途切れると、キリコはそれを机の上に戻した。

「もしかすると、もう書類がなくなることはないかもね」

ぼくは目を見開いた。

「どうしてそんなことが、わかるの？」

「もしくは起こっても、あと一、二回かな」

「一、二回でも勘弁して欲しいよ」

彼女は、課長のゆったりした椅子《いす》を引いて、そこに腰を下ろした。

「じゃあ、もうなくならないおまじないでもする？」

「そんなおまじないがあるのなら……」

そのあとで、彼女がとった行動にぼくは目をむいた。


正直な話、生きた心地がしなかった。冷や汗がだらだら流れる。まさに針のむしろだ。どうしてキリコを止めなかったのか、今になって後悔する。だいたい、なぜあんな小娘の言うことを信用してしまったんだろう。

とりあえず、午前中はなにも起こらなかった。

昼休みの後、彼女の様子が変わった。机の上をがさがさかき回している。ぼくは、絶対に目を合わさないように、下を向いた。ここで目を合わせてしまうとおしまいである。

あわただしく引き出しを開け閉めする音、机の上のファイル差しを探す音。心臓の音の密度が濃くなる。

ものを探す音が、急に止まった。ぼくはがまんできずに顔を上げた。とたんに彼女と目が合った。ぼくの顔を凝視していたのだ。

思わず息をのむ。

彼女ががたん、と立ち上がった。

そのまま、部屋を出ていく。キリコの指示ではこのままじっと待っているはずだった。だが、どうしてもただ座っていることなんか、できそうもなかった。

立ち上がって、廊下に出る。彼女はもうエレベーターで降りてしまったあとだった。裏に回って貨物用エレベーターで降りる。彼女に気づかれなければ、大丈夫だろう。

貨物用のエレベーターは、大きく揺れながら一階に着いた。彼女はたぶん、正面玄関から外に出るだろう。そう思って、社員通用口に走った。

だが、それが裏目に出た。社員通用口を出た瞬間、ぼくは彼女と鉢合わせしてしまったのだ。

最低だった。彼女の手には、青いファイルがあった。キリコが彼女の机から抜き取った青いファイル。そうして、ぼくの書類が捨てられていた外のゴミ箱に、隠されていたはずの青いファイル。それを彼女が持っていることは、彼女がぼくの書類を捨てた犯人であるということの証明に他ならない。

「梶本くん……」

彼女の頬《ほお》は真っ青だった。ぼくだって、負けず劣らず血の気の引いた顔をしているに違いない。

「やっぱりあなただったの……」

それは、ぼくの台詞《せりふ》だよ、富永先輩。あなただけは違うと思っていたのに。

次の瞬間、思いっきり頬が張られた。

「あんたなんかに、わたしの苦労がわかるもんですか！」

彼女はヒールを鳴らしながら、ぼくの横を通り過ぎていった。ぼくは頬を押さえながら、しばらく立ち尽くしていた。

「ばーか」

この前と同じ七階のトイレ。キリコはぼくの話を聞くと、こう言った。

「どうしてじっとしてなかったのさ。大介がやった証拠なんてないのに」

「どうせ、ぼくはバカで鈍感ですよ。あーあ、明日から富永先輩にどう接していいのか、わかんないよ。もうやめちゃおうかなあ」

「根性なし」

「根性なしで結構。あんなことをするのが根性なら、根性なんて欠片《かけら》もいらない」

「あらー、大介、超ブルー入っちゃってる」

ブルーにもなる。ぼくは、膝頭にぐりぐり頭を押し付けた。

「富永先輩だけは違うと思ってたんだ」

「どうして?」

「だって、シュレッダーを使っても怪しまれないのは、彼女だけだろう。彼女のはずない、とばかり思ってたんだ。それに、彼女だけが苦労して、なくなった書類を作るのを手伝ってくれたんだし、ぼくを責めないでいてくれた」

「そりゃあ、大介をいじめるのが目的じゃないもん」

じゃあ、なにが目的であんなことをしたんだ。

「その前に、電話の事件があったよね。あれ、なんで植田さんが怒ったんだと思う」

「わかりません。降参です」

「ちょっとは考えてよ。そのとき、課長や富永先輩や、うまくクレーム対処できそうな人間がいたのに、なんで大介に電話を渡したと思う?」

「手近にいたから」

「違うって。たぶん、電話の相手は『男を出せ』って言ったんだと思う。植田さんがきちんと説明しているのに、彼女が女性だ、というだけで納得せず、男に替われって言ったのよ。もちろん、植田さんは頭にくるよね。だからあえて、大介に替わった。新入社員の大介にうまく説明ができるわけない。たぶん、しどろもどろになるだろうから、電話の相手も、さっきの女性の方がよくわかっていた、と気がつくよね。そのあと、もう一度説明すれば、納得してもらえる、という考えだったと思うの」

「でも、ぼくがうまく説明してしまった」

「そう、門前の小僧、なんとやら、でね。それで、植田さんは怒ってしまった、というわけ」

そんなことだとは、少しも気がつかなかった。でも、それが今回のこととどういう関係があるのだろう。

「わかんない？　要するにここはそういう会社だってことなの。同じ説明でも、女がすると納得せず、新入社員でも男がすると納得する。平気で、『男に替われ』なんてことばが出てくる。そんな会社なの。そういう会社で、富永さんが総合職で、結婚して子どもも産んで、仕事も頑張るためには、どんだけ苦労しなきゃならないか、想像できない？」

「だから？」

「だから、彼女は大介に尊敬してほしかったんだと思う。おじさんたちの意識を変えることは今さら無理だから、新入社員だけでも、自分の仕事ぶりを評価してくれるように教育して、少しでも仕事がしやすいように、会社を変えていきたかったんだと思う」

「だから、わざわざ、ぼくをピンチに陥れて、それを助ける、というまだるっこしいことをしたって言うのか。そんなことをしなくても、普通に困ったときに助けてくれれば……」

「大介、オペレーターの女の子たちに可愛がられてるって、言ってたでしょ。ま、大介はいじめられてる、と思ってたみたいだけど。富永さんは、オペレーターの女の子たちと折り合いが悪いって言ってたよね。だから、彼女らに自分の悪口とかを吹き込まれるのを恐れて、焦ったんだと思うよ」

ぼくは、肩を落とした。そんなことをしなくても、ぼくは富永先輩のことをだれよりも尊敬していた。

「どうして富永先輩がやった、と気がついたんだい」

「シュレッダーを使っても怪しまれないのは、彼女だけ。それはたしかだよ。でも、だからこそ逆に考えることができるんじゃないか、と思ったんだ。少ない確率だとしても、書類がない、というときに、シュレッダーのゴミの中を見る人がいるかもしれない。そのときに、問題の書類の片鱗《へんりん》でも見つかったとしたらどう?」

「彼女がまっさきに疑われるってこと?」

「そ。まあ、さっきの動機まで気づく人はなかなかいないだろうから、わざとやった、と思われることは少ないだろうけど、彼女が間違って、書類をシュレッダーにかけてしまった、と思われる可能性が高いよね」

「間違ってやった、と思われるなら、言い訳がきくじゃないか」

「あ、大介の発想はそうなんだ。でも、そういう発想ができない人がいるんだよ。富永先輩のことを考えてみてよ。綺麗で、適齢期までに結婚して、子ども産んで、仕事も頑張って、新入社員にも親切で、クラシック音楽と現代英米文学を好んで」

だれからも、後ろ指をさされない生き方、だれからも、後ろ指をさされない趣味。

「失敗したと人から思われることが、我慢できない人種が、この世にはいるんだと思うよ」

たぶん、そんな人だからこそ、書類を隠してまでぼくの信頼を手に入れようとしたんだろう。そう思うと、ぼくはひどく、彼女のことが可哀想に思えてくる。

「あーあ、でも、どっちにしても、明日から富永先輩にどんな顔して会ったらいいのか、わかんないよ」

キリコは顎《あご》を突き出すようにして、くすりと笑った。

「大丈夫、世の中はお掃除と一緒だよ。汚れたらきれいにすればいい。また、汚れちゃうかもしれないけど、また、きれいにすればいい」

「でも、絶対、落ちない汚れだってあるだろう」

「そりゃあ、ね。でも、大部分は、根気とテクニックさえあれば、なんとかなっちゃうもんよ。コツとしては、早いほど落ちやすいってこともあるけどね」


次の日の昼休み、ぼくはあえて昼食にでかけなかった。先輩はどこか、こっちを気にした様子で、でも決して話しかけてはこなかった。

他の人がみんな立ち去ったのを確認して、ぼくは立ち上がった。先輩がはっと緊張するのがわかる。だけど、今言わなければ。後になればなるほど、口は重くなるだけだ。

「先輩、昨日はすみませんでした」

彼女が身体をこわばらせる。

「あんなことしてしまったけど、ぼく、先輩の仕事への取り組み方とか、すごく尊敬しています。だから。だから」

だから、もう気にしないでください。そう言いたかったけど、声にならない。せめて、思いきって、頭を下げた。

しばらくたって、顔をあげる。先輩は泣き出しそうな顔をしていた。恥ずかしがりやの子どもみたいな、小さな声で言った。

「ごめんね」

空気から、ふうっと重苦しい気配が抜けた。ぼくはキリコの言ったことばを思い出していた。

そう、たぶん、根気とテクニックでなんとかなる。

CLEAN.2

ピクルスが見ていた

「ピクルスって知ってる？」

チーズバーガーの包み紙を弄《もてあそ》びながら、キリコが聞いた。ぼくは、ビッグマックにかぶりつこうとしていた口を止めた。

「これのことだろ」

挟まれているきゅうりのピクルスを指さす。

「ちがうー。そんなことなら、わざわざ大介に聞かない。まったく、遅れてるんだから」

火曜日、深夜のマクドナルド。水商売風の女性や、帰るつもりのないカップルに囲まれて、ぼくとキリコがいるのは、決して色っぽい理由からではない。

キリコは、ぼくのオフィスの清掃作業員だ。その言葉の持つイメージからはかなり、かけ離れているけれども。

日焼けした肌と、小柄でスリムな身体。赤茶に染めた髪を、高い位置でポニーテールにしている。さすがに秋も深まってきたから、夏の頃のような、お腹を出したり肩を丸々出したりというような格好はしていないが、栗色のベロアのカットソーは胸元が大きく開いていて目のやり場に困る。重いようなまつげにふちどられた大きな目をぱちぱちさせながら、ぼくの顔をうかがっている。

いつものスーツ姿だと、サラリーマンが女子高生を連れ歩いているようで抵抗があるが、今日はぼくもダンガリーシャツにジーンズという格好である。

時間はすでに十一時を大きく回っている。

彼女は膝に置いていたトートバッグをごそごそ探って、中から大きなカエルのぬいぐるみをとりだした。

「これがピクルス」

ぼくの鼻先に押しつける。黒いボタンの目が「こんにちは」てな感じできらきらしている。だらんとした手足、コルクのペンダントにはたしかにＰｉｃｋｌｅｓと書かれている。

「今、流行《はや》ってるの。可愛いでしょ」

そう言われてみれば、この間の抜けたカエルは最近よく見かけるような気がする。

「で、これがどうかしたのかい」

彼女は、とろん、とした目をしばたたかせながら言った。

「この子、生きてるの」

ことの起こりは、ぼくが財布を落としたことだ。そこには家賃に払うはずの八万円が丸々入っていて、おまけに今月は友人の結婚式とかでなにかと物入りで、そこにキリコがビル中の廊下と階段にワックスをかけたがっていたことが、大きく関係してくる。

とどのつまり、今月、ぼくはキリコにアルバイトとして雇われたわけだ。夜から、朝まで、ぼくとキリコの関係は会社員とそこで働いている掃除の女の子から、アルバイターとその雇い主になる。まあ、ぼくも会社があるから週末だけだが、今日はたまたま祝日だったので手伝うことにしたのだ。

夜食を食べ終わってビルに戻る。ぼくらは床磨きの準備をして、エレベーターで七階まで上がった。ポリッシャーというハンドルのついた丸い機械をキリコに持たされる。彼女はワックス用のモップと一緒に、カエルを抱いていた。

「どうするんだよ、それ」

「夜中は寂しいんだもの。いつも一緒にいるの」

七階の廊下に荷物を置くと、彼女はカエルを抱いて、会議室の横のコピー室に入った。

「お掃除中は役に立たないから、ピクルスにはここで待っていてもらいましょう」

コピー機の上にきちんと座らせる。カエルは上目遣いにぼくらを見ている。

「じゃね、ピクルス。いい子にしてるのよ」

ぼくは、カエルをじっと見た。どうも、カエルごときにそんなおしゃれな名前が付くのが納得いかない。とりあえず、カエルにいちばんふさわしいと思う名前で呼んでみた。

「じゃあな、ぴょん吉、あとでな」

「ピクルスを、妙な名前で呼ばないでよ」

キリコは仁王立ちになって口を尖らせた。

「あのカエルが生きているって、どういうことだよ」

「ふふん、それはまたあとで」

含み笑いをして、部屋を出ていく。ぼくは、カエルを一瞥《いちべつ》した。ボタンの目とモールで縫いつけた口。おっそろしく単純な顔だけに、その表情はどんなふうにも見える。なんとなくバカにされている気がして、ぼくはもう一度、言った。

「いいか、ぴょん吉。キリコと組んでぼくをだまそうなんて思うなよ」

ポリッシャーは、びっくりするほど大きな音をたてて回る。パッドで床を磨いていくと、表面の汚れや靴の跡がとれて、真新しい床の色がよみがえってくる。普段、気にせず歩いている廊下がどんなに汚れていたか、初めて気がついた。キリコはしゃがんで、床にこびりついた洗剤をスポンジでこすっている。さすがに、彼女は手際がいい。

自分の部屋以外を掃除するなんて、高校生のとき以来のような気がする。

眠気覚ましにかけたラジカセからは、テクノの電子音が鳴り響いている。

「こういう音楽好きなの？」と尋ねると、キリコは「なんとなくロボットになったような気がして、無心に働けるもん」と答えた。そのとおり、ぼくたちはロボットのように機械的に床を磨き上げた。そのあと、ワックスをかけ、巨大なファンで乾かして、仕上げにもう一度ワックスをかける。終わったあとの床は、新品のようにぴかぴかだった。深夜だというのに汗だくになったが、こういう仕事はデスクワークとは別の爽快感《そうかいかん》がある。

同じようにして、六階、五階と作業をしていく。窓の外に目をやると、塗りつぶしたみたいに真っ暗だった。キリコがワックスのモップに顎をのせてこちらを見る。

「ちょっと、休憩しよっか」

時計を見ると深夜二時を回っていた。ぼくは大きくのびをした。

「休憩室に行く前に、ピクルスを迎えに行きましょう」

「そういえば、ぴょん吉のことなんかすっかり忘れてたよ」

「ぴょん吉じゃないってば」

ぼくらは機材をそこに置いたまま、七階に上がった。ワックス塗りたてで、すべりそうな床、先ほどのコピー室のドアを開ける。

置いたはずのコピー機の上にピクルスはいなかった。

あろうことか、ピクルスは、コピー室の窓に張りついて、外を眺めていたのだ。

「なあー、どうやったのか教えてくれよ」

「だからー、ピクルスはひとりにされると寂しいから、窓の外の星を見てたの」

キリコはしゃあしゃあとそんなことを言う。

悔しいが、ぼくにはキリコがどうやってピクルスを移動させたのか、わからない。

実際キリコとぼくはずっと一緒に作業をしていた。彼女がコピー室に行く暇などまったくなかったのだ。

「わかった。だれかに頼んで、ピクルスを動かしてもらったんだろう」

キリコはふん、と鼻を鳴らす。

「大介を驚かせるために？　そんなことのために深夜、ここまできて協力してくれるような酔狂な人がいると思う？」

「警備のおじさんに頼んだとか」

「あの、偏屈なじじいが、そんなことに協力してくれるはずないじゃない。それに、ワックス塗りたての床でしょ。だれか入ってきたら跡がつくじゃない」

ぼくは低くうなった。

「なにもそんなにいろいろ考える必要ないじゃない。ピクルスは生きていて、外を見るのが好き。それでいいじゃない」

「生きているなら、今動かしてみろよ」

「バカね。人形がみんなの見ている前で動けるわけないでしょ」

そんなことでバカ呼ばわりされるのは理不尽な気がする。

「参った、降参です。タネを教えてください。気になって仕事にならない」

キリコはすねたように口を膨《ふく》らませる。

「だから、タネなんてないんだってば。わたしだってわかんないわよ。たまにこういうことがあるの」

「本当に？」

「ほんと、ほんと。だから、大介もひねくれて考えずに、物事をありのままに受け止めなさい」

キリコは休憩室の椅子から、ぽんと立ち上がった。

「固い頭だと、早く老けるわよ」

キリコとつきあっているほうが、早く老け込みそうだ。


結局その日は、朝の四時まで働かされた。休憩室で四時間半仮眠をとって、出勤する。キリコの言うには人間の睡眠は、一時間半周期だから四時間半眠れば充分だそうだ。だが、いつも六、七時間しっかり寝ている分、やはり眠い。ぼーっと机に突っ伏して、あくびをする。なぜか、周囲が妙に騒がしい。

「大ちゃん、大ちゃん、ちょっとー」

オペレーターの鴨川さんが、いきなり肩を叩《たた》いてくる。

「あ、おはようございますー」

「なにぼーっとしてるのよ。ちょっと聞いた？」

「なにをですか」

「すこやか生命の橋爪《はしづめ》さん、知ってるでしょ」

うちの会社を回っている生命保険の営業のおばさんだ。三日にあげずやってきて、印象づけるためか「今日の星占い」を書いた自作のペーパーを配ってくる。ぼくも入社当初、しっかりつかまって、断るすきも与えられず保険に入らされた。

「橋爪さん、殺されたらしいのよ。しかも、このビルの裏で」

一気に目が覚める。ぼくは机から起き上がった。鴨川さんは、ぼくの反応に満足したように話を続ける。

「今、警察がきているわよ。詳しいことはまだ聞かされていないけど、どうやらゆうべ遅くに殺されたらしいのよ。なんで、そんな時間にここにきてたのかわからないけどさ」

「だれに殺された、とかはわからないんですか？」

「そうらしいのよ。でも、もしかしたら我が社の社員かもしれないじゃない」

恐ろしさの余り、ぼくは、半笑いのような顔になった。

「まさか」

「わかんないわよお。じゃあ、なんでこのビルの裏なのよ」

そこで、気がついた。もし、鴨川さんの言うとおり、ゆうべ遅くこのビルの裏手で橋爪さんが殺されたのなら、深夜このビルにいたぼくやキリコは、なにか重要なことを目にしたり聞いたりしているかもしれない。

いきなり、目の前の電話が鳴った。受話器を取ると、受付の女の子の声が聞こえてくる。

「梶本さん。一階ロビーまで降りてきてもらえますか」

ほら、おいでなすった。ぼくは鴨川さんに事情を説明すると、急いで一階に向かった。

一階のロビーにはキリコが座っていた。いつもはもう帰っている時間なのに、やはり足止めを食らったらしい。ぼくはキリコのそばに駆け寄った。

キリコは、ぼくに気づくと弱々しい笑顔を見せた。膝の上にはピクルスが座っていた。不安なのか、彼女はピクルスの小さい手をぎゅっと握っていた。

「聞いた？」

頷《うなず》く。彼女は深いため息をついた。

「あそこに、警察の人がいるよ。大介にも話を聞きたがっている」

見れば、ロビーの隅に警官たちが集まってなにやら話をしている。だが、そこに行く前にキリコに聞いておきたいことがあった。

「なにか、見たり聞いたりしたか？」

キリコは首を横に振った。

「わかんない。でも、ピクルスなら見てたかもしれない」

はっとした。たしかにゆうべ、ピクルスが張りついていた窓は、ビルの裏に面している。本当に殺人が行われていたのがそこならば、ピクルスは見ていただろう。だが、ピクルスが人形でなかったら、の話だ。

「梶本大介さんですね」

後ろから声をかけられて、振り向いた。刑事らしき中年男性が近づいてくる。ぼくはあわててお辞儀をした。

「嶺川《みねかわ》さんから聞きました。少し話を聞かせていただけませんか」

ぼくは刑事に連れられてロビーの端にある応接セットに移動した。

問われるままに、ぼくは喋った。キリコの仕事を手伝っていた理由、ゆうべの作業内容、記憶に残るようなことはなにもなかったこと、キリコとぼくはずっと一緒に作業をしていたこと。

いかにもきまじめそうな印象の刑事は、ひとつひとつ頷きながらメモを取ってい
た。覗き込むと、「嶺川桐子」と書かれた文字が目に入る。キリコの名前がどう表
記されるのか、はじめて知った。改めて見ると、えらくお嬢さんっぽい名前である。

刑事は手帳を閉じると、せわしなげに膝を揺らしながら話し始めた。

「詳しい事情は聞かれましたか？」

「いえ、よくきている保険の営業の方が殺されたとは聞きましたが」

彼は、来客用のガラスの灰皿を引き寄せると、煙草に火をつけた。

「こちらの会社の非常階段から、突き落とされたようです」

ぼくは息をのんだ。それなら、会社の裏、どころではない。殺人があったのはぼ
くの会社ではないか。

「いったい、なぜ、そんな時間にここにきていたのか。それもわかっていません」

おそるおそる聞く。

「殺された時間は、何時頃なんですか」

「まだ、詳しい結果はわかっていませんが、警備の人が悲鳴のようなものを、午前
一時くらいに聞いています。梶本さんはなにもお聞きになっていませんか」

「音楽かけながら作業していましたし、床磨きの機械は音がすごいもので」

「なるほど、嶺川さんも同じことを言っていました」

「あの、突き落とされたのは何階からなんですか？」

「わかりませんが、死体の状況からすると五階以上であることは間違いないでしょう」

とすると、七階か六階か五階。どれにしても、ぼくらが作業していたあたりに違いない。

「五階だと思います」

いきなり上からキリコの声がした。いつのまにそばまできたのか、彼女はソファの後ろに立っていた。

刑事は興味深そうに彼女を見上げた。

「どうしてそう思うのかな」

「午前一時くらいに作業をしていたのは六階の廊下でした。非常階段の扉は大きな音がするから、もし、非常階段に出る人がいたら気がついただろうし、七階にはその前にワックスが塗ってあるから、廊下を歩いたら跡がついたはずです。一時くらいならまだ、乾いていないはずだもの」

「なるほど、頭がいいな。ほかに気づいたことは？」

彼女は少し考えて、首を横に振った。刑事は手帳をしまうと、煙草をもみ消して
ソファから立ち上がった。

「じゃあ、なにか思い出したらまた教えてくれるかな」

キリコは妙に素直に、こっくりと頷いた。

「大介が殺したんじゃないでしょうね」

刑事が行ってしまうと、キリコは物騒なことを言った。冗談にしてもたちが悪い。

「なに言ってるんだよ、だとしたら動機は？」

「保険料を払うのがいやだった」

「あほか。橋爪さんを殺しても保険契約はなくならないだろう」

仕事に戻るため、ぼくはエレベーターに向かって、歩き出した。

「じゃ、あの人に言い寄って振られた」

「よしてくれえ。母親と同じ年ぐらいだぞ」

「実は、大介はマザコンだった」

いやにしつこく絡んでくる。そっちがそのつもりなら、こっちもお返しだ。

「キリコだって怪しいぞ」

「なんでよ。わたし、あの人の顔も見たことないのに」

「橋爪さんが毎日のように持ってくる、今日の星占いの紙。あれ会社中に配っているんだから枚数がすごいだろう。おまけに、ほとんどの人がちらっと見ただけでゴミ箱に放り込んでいる。と、いうことは、あれがあるせいで、キリコの仕事が増えているということだ」

エレベーターがくる。乗ってオペレータールームのある四階のボタンを押す。続いて乗ってくると思ったキリコは、エレベーターの前で止まったままだった。

「どうかしたのか」

彼女は、はっとしたように顔をあげ、それからぶんぶんと首を振った。

「ううん、もう帰る」

そして、右手をあげると、軽やかに走り去った。


もちろん、こんな日は仕事にならない。特にオペレータールームみたいに女の子の多い職場はなおさらだ。普段は物静かな富永先輩までこぞって噂話に興じている。

おまけに今回はぼくという、現場近くにいた人間がいるからエスカレートする。最近は入社当初のおもちゃ状態から、やっと逃れられたと思ったが、元の木阿弥《もくあみ》だ。

「大ちゃん、本当になにも見てないのー」

「見てないですよ。それらしき物音も聞いてないし。もう勘弁してくださいよ」

植田さんが、くすくす笑ってぼくをこづく。

「キリコちゃんとふたりっきりだったんなら、それどころじゃなかったわよね」

「あ、そーだ、そーだ。大ちゃん、キリコちゃんとはその後進展があったの？」

「ないわけないじゃない。ふたりっきりで、深夜すごすほどだもの」

いきなり、矛先《ほこさき》が別の方に向いた。

「よしてくださいよ。彼女とはそんなんじゃないです」

「あ、相手にされてないんだ。かわいそー」

「そうよねー。大ちゃんにキリコちゃんはもったいないわよ」

ほっとくととんでもない噂を流されそうだ。

「あのですねー。ぼくの好みはクールで知的な大人の女で、ああいう小生意気で乳臭いコギャルはどうも」

「キリコちゃん、クールで知的じゃない」

さすが富永先輩のひとことは、クリティカルだ。ぼくはぐっと言葉につまった。

仕方がない。つまらない見栄をはってもしょうがないということだ。

「本当に、そんなんじゃないですよ。彼女もたぶんぼくのことをおもしろがっているだけだし」

「なーんだ、そうなの。でも、それはそうかもねー」

そんなことで納得されると、妙にプライドが傷つく。しかし事実なのだからしょうがない。

昼休みが終わり、午後の仕事がはじまる。二宮さんが十分ほど遅れて、部屋に飛び込んできた。

「ちょっと、ちょっと、すごいこと聞いちゃったわよ」

その一言で、みんな仕事を放り出して、二宮さんのまわりに集まる。これで、午後も仕事にならないことが決定だ。しかし、ぼくも関係者の端くれとして、どうも気になる。椅子ごとずるずると話の輪の中に加わった。

「どうやら、橋爪さんに強請《ゆす》られていた人が、この会社にいるらしいのよ」

きゃーとか、うわー、とかいう声があがる。たしかにこれは大ニュースだ。

「総務の友達が聞いてたんだけどさ。階段のところで、橋爪さんとだれかがふたりでひそひそ話をしてたんだって。その内容が、『お願いだからだれにも喋らないで』とか、『橋爪さんしか、頼る人はいないの』とか穏やかじゃない様子だったらしいのよ」

「でも、それだけじゃ、強請られていたかどうかなんて」

「その先があるのよ。そしたら、橋爪さんが『いいけど、こんなことがばれたらわたしだって、信用を失うわ。だから、ただというわけにはいかないわよ』って言ったらしいのよ。ちょっとこれってかなりとんでもないと思わないー」

「で、その相手はわからないの？」

「それがね。友達が言うには、ほぼ九十九パーセント間違いなく総務の神代《かみしろ》さん」

悲鳴とも、歓声ともつかない声があがる。だが、ぼくも驚いた。あまり人の顔を覚えるのが得意な方ではないが、総務の神代さんは覚えている。いや、新入社員はトイレの場所より先に彼女の顔と名前を覚える、と伝説のように言われている美人だ。

白い肌に、華奢《きゃしゃ》で折れそうな身体。守ってあげたい、と男に思わせずにはおかないような清楚できれいな人だった。先日、営業の久保課長と婚約が決まったという噂を聞いたばかりだ。

「彼女が、そんな」

つぶやくように言うと、植田さんに聞きとがめられる。

「あまーい。大ちゃん。ああいうカマトトほど、陰ではなにやっているのかわかんないんだからね。さもありなんって感じだわよ」

「でも、いったいなにがあったのかしら」

「彼女、婚約したばっかりだからね。忌まわしい過去を橋爪さんに知られて、その尻拭《しりぬぐ》いの手伝いをさせた、とか」

久保課長も、少し年はいっているがダンディな二枚目で通っている。独身が長かったから、狙《ねら》っていた女性社員も多いだろう。そのせいか、神代さんに対する意見はみんなひどく辛辣《しんらつ》だった。

「それ、警察に言ったんですか？」

「ううん、さすがに友達も同じ部署の子のことを警察になんて言えないし、って悩んでた。でも、もしなにかあったのなら、他のルートからでもわかるんじゃないの」

ぼくは、神代さんの笑顔を思い浮かべた。男の勝手な幻想と言われれば言い返す言葉はないが、彼女のような女性がそんなことをするとは、とても思えなかった。

帰り、なんの気なしに社員食堂をのぞくと、キリコが座っていた。ピクルスを顔の前に持ち上げて、なにやら念を送っているように見える。

声をかけると、こちらを向いてにっこりと笑った。

「なにしてるんだよ」

「ピクルスとコンタクトしようと思って。でも、なかなか難しいみたい」

それはそうだろう。今日はピクルスの毛のような素材のセーターと、黒い、腰にぴったりしたパンツ、というふうにいつもよりはシックな格好だ。さすがに女の子は変幻自在で、ピクルスさえ抱いていなかったら二十くらいに見える。

「ピクルスさえ喋れたら、事件はすぐに解決するだろうけどな」

「そうなのよ。せめてテレパシーでも送ってくれないかな。でも、きっとだめだろうな。星しか見てないんだと思う」

前に座ると、キリコは目を輝かせた。

「で、なにかあった?」

しょうがないので、二宮さんの話を聞かせる。

「神代さんって、わたし知ってる。妖精みたいに綺麗な人でしょ」

たしかに、彼女は少し神秘的な印象がある。

「ぼくは、彼女のような人が殺人なんかするとは思えないけど」

「大介に人を見る目がないのは、書類紛失事件のときからわかってることじゃない」

さすがに胸にぐさっとくる一言だ。どうしてぼくのまわりの女の子は、こう、容赦がないのだろう。しかし、彼女の言うとおりだ。男はどうしても見た目や表面の印象で女性を判断してしまうところがある。ぼくは、キリコとはじめて知り合ったときのことを思い出した。

「まあ、それだけで殺した、というのは早計だけど、なにかあるのはたしかだろうね。だって、保険のおばさんとそんなに深く関わるなんて不自然だもの」

キリコは、鞄とピクルスをつかんで立ち上がった。相変わらずフットワークが軽い。

「そろそろ仕事するわ。大介は今日はどうする？」

「今日は眠いから、帰るよ」

「そ」

そっけなく言って、歩き出す。ぼくは少し考えてからあとを追った。もう少し、キリコと事件の話がしたかった。書類紛失事件のとき、見事な推理を見せた彼女である。もしかしたら、今度のことでもなにか見当がついているかもしれない。

キリコはゴミ回収用のカートと、ゴミ袋を資材置き場から出してきた。

「なんだ、手伝ってくれるの？」

「ちょっとだけ」

彼女は灰皿やゴミ箱を拭《ふ》くためのタオルと洗剤をぼくに押しつけた。

「じゃあ、ゴー！」

いつものルートとは違って、なぜかまっすぐ七階の総務課へ向かう。総務課はまだ、何人か社員が残っていた。どうも、社員のいるところでキリコの手伝いはしにくい。ぼくは、廊下で待つことにした。すぐ、キリコが戻ってくる。

「神代さんの机ってどれ？」

すぐ答えられる自分が、少し悲しい。キリコは、まっすぐそこへと向かった。開いたドアから覗くと、きれいに並べられた小さなぬいぐるみやマスコット類をさわっている。

しばらく経つと彼女は戻ってきた。

「じゃ、今度は営業に行きましょう」

営業は三階である。えらく効率の悪いゴミ回収の仕方だ。ぼくはカートを引っ張りながら、彼女に続いた。

営業一課はだれもいなかったので、今度はぼくも一緒に入ることができた。順に、ゴミをカートの中にあけたり、灰皿を拭いたりしながら進んでいく。久保課長の机の前で、キリコは足を止めた。机の上には、私物らしいノートパソコンやスポーツ新聞、サッカーの雑誌が置かれていた。彼女はサッカー誌をぱらぱらとめくっている。人が入ってこないか、とひやひやしたが、一緒になって覗き込む。課長はかなりのサッカーファンらしく、余白にメモを取ったり、記事にアンダーラインを引いたりしている。

急に思い出した。

「悪い、そういや今日は水曜日だから、サッカーがある。帰って見なきゃ」

キリコは雑誌を元どおり置くと、口を尖らせた。

「もう帰っちゃうの？　わたしとサッカーとどっちが大事なのよ」

一瞬耳を疑った。どぎまぎする。

「あ、やっぱりサッカーよね。わたしって言われても困るし。じゃ、いいよ、もう帰って」

やはり、キリコにはおもちゃにされているような気がする。

大きな手がかりも得られないまま、数日が過ぎた。警察はあれからもうろうろしていたけれど、特になにかを聞かれるということもなかったし、だれかがつかまったというわけでもない。ただ、神代さんがなにか関係しているかも、という噂は密《ひそ》かに、でもしっかりと広まっていた。ふと乗り合わせたエレベーターで見た、彼女の横顔はあまりに青白く、胸を突かれるような思いがした。こんなくだらない噂で婚約破棄でもされることになったら、彼女があまりに可哀想だ。

今日は金曜日だから、キリコの掃除を手伝う日だ。スーツのまま一度退社し、喫茶店のトイレで汚れてもいい格好に着替えて戻る。

会社の裏口に回ろうとして気がついた。正面玄関の植え込みの中に隠れている人がいる。まだらにブリーチした茶髪は、たしかにキリコだった。そばに寄ろうとすると、彼女の方が先に気づいた。身振りで「近寄るな」と示す。いったいなにをやっているのだろう。ぼくは、少し離れて観察することにした。

会社の脇に置かれたけったいなオブジェに腰を下ろし、様子を窺《うかが》う。

正面玄関から出てきたのは久保課長だった。部下らしき若い社員と、にこやかに談笑しながら歩いている。とたんに、キリコのいる植え込みから、猫が飛び出した。つややかな黒い毛をした猫は、あたりを少し見回すと、正面玄関を横切って向こうの植え込みに飛び込んだ。

久保課長が舌打ちをするのが聞こえた。見れば、さっきからのにこやかな様子は消え、ひどく不機嫌な顔になっていた。横を通るとき、彼がこう言うのが聞こえた。

「まったく験《げん》が悪い。明日もやめたほうがよさそうだな」

久保課長が行ってしまうと、植え込みからキリコが顔を出した。不思議な形にシャーリングの入ったチョコレート色のワンピースに、枯れ葉があちこちついている。もうひとつの植え込みに駆け寄ると、先ほどの猫を抱き上げた。

猫を肩に乗せて、ぼくに手を振る。

「いったい、なにしてたんだ」

「ないしょ。それで、あの人なんか言ってた？」

ぼくは久保課長の言った台詞を告げた。キリコの顔がほころんだ。

「兄《にい》やんにお礼をしなきゃ」

「兄やん？」

「この猫の名前よ」

兄やんは、キリコの顎の下あたりに頭をすりつけて、甘えた声で鳴いた。

「猫なんか連れてきて、いったいなんだって言うんだよ」

「ちょっと試してみたかったの。でも、思ったとおりだった」

キリコは狭い休憩室に兄やんを放した。兄やんは興味深そうに、休憩室の椅子やロッカーの匂《にお》いを嗅《か》いでいる。

「兄やん、帰ったらお刺身あげるからね。今は悪いけどここで我慢してね」

キリコの言うことがわかるのか、兄やんは小さく鳴くと、椅子の上に飛び乗ってそこに丸くなった。

「大介、今日はお掃除はなしにしよ。どうせ週末だから、ゴミ回収もトイレ掃除も月曜日の朝までにすませればいいし」

「なんだ、せっかく着替えてきたのに」

「そのかわり、大介には別のことを手伝ってもらいたいの」

休憩室の隅に置いたゴミ袋を、ぼくに押しつける。中を覗くと書類の山が入っていた。

「まだまだあるわよ」

見ると、同じようなゴミ袋が四つある。

「これ、なんなんだ？」

「この会社で、机が汚い人のところへ行って、机の整理整頓を手伝ってきたの。まあ、こんなにいらないものが出たわよ」

いったいなんのためにそんなことをするのだろう。

「この中から、あるものを探し出してほしいの」

「なんだよ」

キリコは意外なことを言った。

「橋爪さんの『今日の星占い』」

「はあ？」

「同じ日のものはいらないから捨ててもいいよ。日にちの違うものを全部この中から選《よ》り分けるの」

「それが殺人に関係してくるのか？」

「もしかしたらね」

キリコがなにを考えているのかわからないが、とりあえず夜になればぼくは彼女の子分である。言われたとおりに協力することにした。

しかし分け始めると、出てくるわ出てくるわ、最近のものだけでなく何ヶ月も前のものまで。ぺらっとしたＢ５の紙一枚だから、書類の間などに挟まってそのままになってしまうようだ。あっという間に、机の上には数十枚の「今日の星占い」が集まった。

「キリコ、もしかして」

「なによ」

「ここに、暗号が隠されているとか」

「そうよ。あの橋爪さんは殺し屋の総元締めで、この会社には必殺仕事人がいるの。それで、この星占いの中に暗号で今回の標的が書いてあって」

ぼくは、深くうめいた。

「キリコ～」

「いいでしょ、それくらいに思っていたらこの作業も苦にならないでしょ」

完全におちょくられているような気がする。

兄やんがつやつやしたしっぽをあげて、キリコにすり寄ってきた。甘えたような声で何度も鳴く。

「あら、兄やん、お腹すいたの。ネコ缶開ける?」

「兄やんは、キリコのネコなのか?」

「そう、男前でしょ」

たしかに兄やんが人間だったら、凜々《りり》しい男前に違いない。真っ黒でつやつやした毛並みや、しなやかな身体を見ているとそんな気がする。

「で、どうして兄やんなんて名前なんだい」

「ないしょ。わたし、社員食堂行って、なんか飲みもの買ってくる」

ぼくもコーヒーが欲しかったので、一緒に行くことにした。時計を見ると八時近いというのに、まだ社内には人が残っている。

「選り分けた『今日の星占い』を、これからどうするんだ」

「分析するのよ。星座ごとや曜日ごとにわけて、中に書かれている内容を選り分けていくの」

「げ、それってめちゃめちゃ面倒臭い作業なんじゃないか」

「ま、とりあえず、ここ最近のものだけでもやってみたいの」

「それで、なにかわかるのか」

キリコは自動販売機に小銭を入れながら肩をすくめた。

「だいたい見当はついているんだけど、こればっかりは確かめてみなくちゃわからないから」

がこん、と出てきた牛乳パックを手にとって、ため息をつく。

「でも、問題はワックスなのよねえ」

「ワックスって、じゃあ犯行現場は五階じゃないって言うのか」

「今思うとその可能性が高いかなあって」

午前一時頃には、ぼくらは六階で作業をしていたから、六階のはずはない。それで五階ではないとすると、七階ということになる。だが、七階の廊下にはぼくらがワックスをかけていた。乾くまでには多少時間がかかるから、その時間にだれかが廊下に出入りしたのならワックスに足跡がつくはずだ。

「考えたんだけど、もう一度ワックスを塗るの」

「え？」

「自分の足跡のついたところを、もう一度ワックスをモップにつけてなぞりながら後ろ向きに歩いていくと、足跡は消えるでしょ」

「でも、ワックスとモップはぼくらが使っていたじゃないか」

「あの後、機材を五階に置いたまま休憩したじゃない。音楽をかけていたから、わたしたちがどこの階にいるかは、だれにでもわかったはず。休憩に行った隙《すき》をみて、もう一度七階までワックスとモップを持っていって、足跡を消す。それくらいなら十分もあればできたはずだよ」

「でも、どうして七階だと思うんだ？」

「あとで説明するから、先に『今日の星占い』の方を片づけちゃいましょ」

兄やんの牛乳とぼくのコーヒー、キリコのウーロン茶を買って休憩室に戻る。兄やんに餌《えさ》をやると、ぼくらは先ほどの作業に戻った。「今日の星占い」を鋏《はさみ》で切り取り、曜日と星座別に分けていく。六月以降、「今日の星占い」の配られた日は、明らかに水曜と金曜に偏っていることがわかる。キリコは満足そうに、その結果を確かめていた。

「大介、悪いけど、ここの社員の生年月日がわかる名簿みたいなものない？」

「人事部に行けばあると思うけど」

「ちょっと、とってきてよ」

人を鬼のようにつかうやつだ。

「いいけど、それって犯罪なんじゃないかー。見つかって掃除をくびになっても知らないぞ」

「いいじゃない、ちょっと借りるだけ。それにくびになっても雇ってくれるところはいくらでもあるもん」

彼女は合い鍵《かぎ》をぼくに渡すと、また目を「今日の星占い」に戻した。

「ひとりになって怖くないか。ここ、まだ人殺しがうろうろしているかもしれないぞ」

「兄やんがいるもん。それに、ほら」

鞄をごそごそとかき回す。

「ピクルスだっているし」

その間抜けな顔したカエルのぬいぐるみになにができるか、見せてもらいたいものだ。とりあえず、ぼくは言われたとおり、人事部へと急いだ。

人事部にはさすがにだれもいなかった。ゆっくりと名簿を探すことができる。ぼくは、書類棚のファイルを探った。

目指すものを見つけると、すぐ地下一階の休憩室へと向かった。ロビーから扉を開けて、裏の通路に入る。とたんに、足が止まった。兄やんが妙な声で鳴いていた。嫌な予感がした。

ぼくらは無防備に人がいるところで、事件の話をしていた。もし、キリコの調査が的を射ていて、それを犯人が聞いたのなら。

休憩室の電気が消えている。ぼくはおそるおそるドアを開け、壁のスイッチを探った。

電気がついた瞬間、息をのむ。

部屋の真ん中にキリコが倒れていた。ピクルスをしっかり抱きしめて。

そして、その細い首にはロープが絡まっていた。

叫んで駆け寄ろうとした。とたんに、ロッカーの陰からなにかが飛び出してくる。

「キリコ！」

身構える暇もなかった。

何者かはぼくの上に馬乗りになった。ストッキングをかぶっているから顔は見えない。かろうじて、女性だということがわかるだけだ。だが、女とはいえ、そいつの力は強かった。ぼくはじたばたするまもなく、床に押しつけられる。

大声をあげた。

何者かは、ロープを取り出した。殺される、そう思った瞬間、喉《のど》が凍り付いた。

素早くぼくの首に、ロープが巻き付けられる。ぼくは必死で食い込むロープから逃れようとした。ストッキングの中の何者かの目が、醜く光った。

もうだめだ。

がつん、と鈍い音がして、何者かの手が緩んだ。そのまま、崩れるようにぼくの上に倒れ込む。

後ろにキリコが立っていた。両手でモップを握りしめている。

荒い息を吐くだけで、まだなにも言えない。キリコは、首のロープをとって、倒れた何者かを後ろ手に縛り上げた。

「たぶん、この人が犯人だと思うわ」

制服は間違いなく、うちのだった。ストッキングをはぎ取る。その下から現れた顔には、なんとなく見覚えがあった。名前は知らないけれど。

殺人犯は、総務課の女の子だった。

「それで、神代さんはまったく関係なかったんだね」

キリコは膝の上のピクルスを撫でていた。

「まったく、というわけではないんだけど。ちょっとこれを見て」

差し出されたのは、昨日分類した「今日の星占い」の天秤座の紙だった。軽く目を通していく。

「今日はなにかに挑戦するのはやめたほうがいいかも」

「物事は悪い方へ悪い方へ行きます」

「今日は大人しくしていた方が無難」

「なにをやってもうまくいきません」

書かれてあること、すべてがネガティブな内容だった。

「これって、いったい……」

「だから、これを頼んだのが神代さんなのよ。天秤座なのは久保課長」

「なんのためにだよ」

　キリコは顎の下に手をやって、少し考え込んだ。

「最初は、競馬か麻雀か、と思ったのよ。浮気っていうのも考えたんだけど、そんな大変なことにこんなまどろっこしいやり方を使うわけないでしょ。だから、ギャンブル関係が怪しいかなって。でも、久保課長の机の上にサッカーの雑誌が載っていて、しかもこれが持ってこられるのは水曜と金曜というので、ぴんときたの。たぶん、久保課長は裏のサッカー賭博《とばく》に手を出してたんだと思う」

「ちょっと待って、サッカーがあるのは水曜と土曜だ」

「土曜日は会社休みでしょ。ご丁寧に、金曜日に持ってくる『今日の星占い』の右隅には週末の貴方の運勢って、書いてあるのよ」

　ぼくはまだ切り取っていない紙を見た。たしかにそうだ。

「大介も見ていたとおり、久保課長は、ギャンブラーにありがちな験《げん》をかつぐタイプだったわよね。黒猫の兄やんが前を通っただけで、嫌な顔したもの。たぶん、前からこの占いを参考にしてたんじゃないかな」

「じゃあ、神代さんは久保課長にサッカー賭博をやめさせようとして、こんなふうに書くように橋爪さんに頼んだのか」

「そ、橋爪さんも最初は嫌がったと思うのよ。営業のためにやっていることだし、天秤座だけにこんな悪いことばかり書いて、天秤座の人に嫌われたら本末転倒でしょ。でも、神代さんの熱意にほだされて、ある交換条件を出してオッケーした」

「その交換条件とは」

「この社内で配る分、つまり天秤座のところだけネガティブなことを書いた、水曜と金曜の星占いは、神代さんが作ること。たぶん、橋爪さんが星占いを配っているのはうちの会社だけじゃない。よその会社にはちゃんとしたものを持っていきたいけれど、ふたつ作るのは大変。だから、そういう条件を出したのよ。まあ、あと保険にも入らされただろうけど」

　なるほど、納得した。だが、なぜ、橋爪さんがあの女の子に殺されなくてはならなかったのか。

「あの女の子の彼氏が、不動産屋につとめてたって聞いたら、ぴんとくる？」

　不動産屋と殺人となんの関係があるのだ。

「もう、鈍いんだから。不動産屋は水曜日が休みでしょ。つまり、彼女のデートは毎週水曜日だったのよ。ただ、ここしばらく、彼氏とうまくいってなかったらしいの。それで情緒不安定になっていたところ、毎週、あの星占いは配られてくる」

「あの子も天秤座だった、というわけだ」

「そ、次第に彼とうまくいかないのは、星占いのせいのように思ってしまったんじゃないかな。殺すつもりはなかったらしいわよ。アパートの鍵を会社に忘れたことに、深夜気がついて戻ったら、ちょうど神代さんと待ち合わせをして明日配る星占いをもらった保険のおばちゃんが、非常階段を下りてくるのに気がついた。そこで口論になってしまったらしいの。でもおばちゃんは彼女の話をろくに聞かず、鼻で笑って、立ち去ろうとした。彼女にとって、占いがどれほど意味を持っていたか、気づかなかったのね。彼女はかっとなって、衝動的に突き飛ばしてしまったそうよ。それから、我に返って、ワックスの足跡を消したんでしょう。前にも言ったように後ろ向きに歩いてね」

まったく、なにが人の運命を変えてしまうかわからないものだ。

キリコは、手を組んで背中を大きく伸ばした。

「ま、今回の事件でいちばんの功労者はピクルスね」

「なんで？」

「ピクルスが星を見ていたでしょ。最初は深く考えなかったけど、あとで気がついたの。コピー機の上のピクルスを移動させたのは、神代さんよ。『今日の星占い』を社員の数だけコピーするためにね。ふつうに移動させず、窓から外を見ているように置いたのは、彼女の茶目っ気かな。今まで、何度かピクルスが星を見てたのは、その日、神代さんが『今日の星占い』をコピーしにきていたからだったんだわ」

「それが、推理の参考になったわけだ」

「それともうひとつ」

「なに？」

「あの女の子に殺されそうになったとき、わたし、すぐ、ぐったりしたふりをして、抱いていたピクルスを脇の下にぐっと挟み込んだの。一時的に手首の脈を止めるためにね。彼女、あわてていたのか、すぐにひっかかって、安心してわたしの首から手を離したわよ」

キリコはピクルスを抱き上げて、頬ずりした。

カエルの黒いボタンの目が、心なしか得意げに見えた。

CLEAN.3

心のしまい場所

いちばん最初に季節を運んでくるのは女の子だと思う。

風にわずかな冷たさが混じっただけで、流行のコートやブーツを身につけ、まだ虫も動き出さないのに、さっさとそれを脱ぎ捨ててしまう。ぼくなどは、いつも、その軽やかさに憧《あこが》れながら、いつまでも重くるしいコートを持て余してしまうのだ。

出勤したとたん、エレベーターホールでモップをかけているキリコとすれ違って、そう思った。

四月になったばかりなのに、今日のキリコときたら、トンボの羽根みたいに薄い素材のワンピースを着ている。短いスカートから形のいい膝小僧をのぞかせて、勢いよくモップを動かしている。

「おはよう」

声をかけると、ホールの端まで走っていってからくるりと振り向いた。

「あ、大介、早いんだ」

「うん、ちょっと早く目が覚めたからさ」

まだ、始業時間までだいぶある。実を言うとキリコと喋るために、少し早起きしたのだが、そんなことはもちろん言えない。

「ふうん」

彼女はぼくの会社の清掃作業員である。だが、そのことばの持つイメージにとらわれていると、彼女を見てひっくり返ることになる。

淡いピンクの透けてしまいそうな花柄のワンピースに、白いサンダル。髪の毛はてっぺんでふたつのお団子にまとめ、耳には小さなピアスを三つも四つもしている。ちなみに、お臍にもピアスをしていることは、去年の夏に知った。

小柄な身体と童顔のせいか、高校生にさえ見える。日焼けのさめた蜂蜜《はちみつ》色の頬を上気させているのは、一生懸命モップをかけていたせいだろうか。

「ねね、昨日天満《てんま》さんの結婚式行ってきたんでしょ。どうだった。きれいだった？」

彼女に問いかけられて、ぼくはやっと、話したかったことを思い出した。

「そうなんだよ。それなんだ」

天満頼子《よりこ》は、ぼくと同期入社の女性社員だ。まだ入社して一年なのに、大学時代からつきあっていた彼と結婚することになり、昨日結婚式をあげたのだ。

小さなレストランを会場にしたカジュアルで、アットホームな結婚式だった。彼のお姉さんの手作りだというシンプルなウエディングドレス、美味しいイタリア料理、司会をやった大学の同級生だという男も、変に騒ぎ立てることもなく、静かに感じよく式は進んでいた。

「きれいよね、天満さん」

ぼくの向かいの富永先輩がつぶやいた。彼女はぼくの上司でもあるのだが、天満頼子と個人的に仲がよく、式に呼ばれたのだ。

「もう、天満さんとは呼べないですね」

ぼくがそう言うと、隣の原西《はらにし》しのぶがくすくす笑う。

「大丈夫よ。頼子は、これからも会社では旧姓を使うって。だって、鈴木さんって彼女の部署に三人いるのよ」

彼女の旦那さんはたしかに鈴木という平凡な名字だった。

「あーあ、でも焦っちゃうなあ、わたしも」

原西が小さく切った肉片を口に運びながら言う。彼女はぼくや天満と同期で、同い年だ。まだ、焦るような年でもあるまい。

そう言うと、口を尖らせる。

「でもねえ。わたし、早く結婚して子ども産んで、若いお母さんになるのが夢だったのよ。女の子を産んで、ふたりで洋服を共用したりさ。でもあっという間ね、年をとるのなんて」

意外なことを聞いた。原西は同期の女の子の中でも、しっかりものでいつもリーダーシップをとるようなタイプである。だからといって目立ちたがりや、というわけではない。みんなの意見をまとめるのがうまく、なんとなくお姉さんのような立場に立つことが多いのだ。

だから、なんとなく彼女のような女性はキャリアウーマンを目指しているのだとばかり思っていた。

富永先輩が原西をこづく。

「こーら。原西さんがそんなこと言うのを聞いたら怒る人たくさんいるわよ。なんたって上がつかえているんだからさ」

「あはは、そうですね」

昔はギャグでクリスマスケーキがどうの、とか言ったけれども、今は二十四歳前に結婚することの方が珍しい気がする。実際ぼくも、働くようになってから、三十代四十代で結婚していない女性を見ても、別に普通だと思うようになっていた。

「でもさー、梶本くん、学生のときは女なんて二十四、五でほとんど結婚するもんだと思っていたでしょ」

「そうだなあ。姉貴でもいたら違うんだろうけど、うちはむさくるしい男兄弟だし」

「そうなのよねえ。わたし、大学時代ファミレスでバイトしてたのね。そんで、そこに高校生の可愛い男の子がいてさあ、彼がなんと、わたしにちょっと憧れていたらしいのよ。そんで、大学を卒業してそこを辞めるとき、その男の子に言われたの。『原西さん、もし結婚して仕事を辞めたら、またここに戻ってきてくださいね』って。そんなすぐ、結婚できないっつーの」

「あはははは」

富永先輩が軽快に笑う。

「しょうがないわよ。その年頃の男の子なんて、自分のお母さんやテレビの中の女性しか知らないものだし」

「それでも思っちゃうのよね。あ、あと何年であの子も社会人になっちゃう、って」

「罪な男の子ね」

ふたりの女性はワインを口に含みながら共犯者のようにくすくす笑った。

事件が起こったのは式も終わりに近づいた頃だった。受付をやっていた女の子たちが、なにかざわついているのに、富永先輩が気づいた。

「ちょっと、見てくるわ」

さすが、いつもながらよく気がつく。先輩はすぐに戻ってきた。

「どうやら引き出物がないらしいのよ。ちょっと梶本くん、手伝ってくれる?」

「いいですけど」

ぼくと富永先輩は、あわててレストランの入り口の方に行った。天満の大学の同級生だという女の子が三人と、新郎のお姉さんがなにやら揉めていた。女の子のひとりは泣きそうになっている。

「どうしたんですか」

新郎の姉が軽くお辞儀をする。

「すみません。お騒がせして。デパートからこっちに引き出物を届けて貰《もら》う予定だったんですが、まだ届いていなくて。このままだと式が終わってしまうし」

電話をかけていた女性が戻ってきた。

「お姉さん。デパートの方にご家族からキャンセルがあったって」

「なんですって？」

「デパートの担当の方に聞いてみたら、二、三日前、電話でキャンセルがあったって言っているんです。だから用意していないって」

「キャンセルなんかしていないわよ。どういうことなの？」

泣きそうになっていた女の子が頭を下げる。

「ごめんなさい。わたしが早く確認しないから」

「なにを言っているの。あなたの責任じゃないわ。お手伝いしていただいているだけでもありがたいのに、気にしないで。それよりも早くなんとかしなくちゃ」

早くといっても、この近くに急に何十人分もの引き出物を用意できるような場所なんてあるのだろうか。

「あとでお送りするというわけには……」

「最悪の場合そうするしかないけど。せっかくのお祝い事なのに、そんな不手際があるなんて」

「あのお」

後ろからおずおずと声をかけられる。振り向くと、派手なスーツを着た中年の女性が立っていた。名前は知らないが、うちの会社の社員であることに間違いはない。

「中川《なかがわ》さん、どうかしました？」

心なしか、富永先輩の声が冷たい。まるでこの女性をひどく嫌っているようだ。人当たりのいい彼女がこんな様子を見せるのをはじめて見た。

「なにかお困りの様子ですが」

「いいんです。席に座っていてください」

「引き出物が届かないんですか？」

はっと富永先輩の顔色が変わった。

「もし、よろしかったらわたし、用意できますが」

全員が顔を見合わせる。お姉さんが不安げに尋ねる。

「用意って、六十人分ですよ」

「だいじょうぶです。すぐ持ってきますわ」

彼女はそう言うと、あたふたとドアから出ていく。残されたものは、ぽかん、と口を開けるばかりだ。

中川さんは、すぐに戻ってきた。両手にいくつも紙袋を持っている。

「どうぞ、お使い下さいませ。すごくいいお皿のセットですのよ」

紙袋から、綺麗にのしをかけた箱を取り出す。まさに、引き出物として用意されたような箱。ぼくはわけがわからずに、彼女の行動を見ていた。

「本当に、すばらしい商品ですのよ。きっとみなさんにも喜んでいただけると思いますわ。本当によかったわ、こんなこともあろうかと用意していて。お役に立てて、しあわせですわ」

気がつくと、背広の裾を富永先輩が引っ張っている。小声で、戻ろう、とささやかれた。

席に着くと、先輩は低くつぶやいた。

「やられたわね」

「いったい、どういうことなんですか」

「ホットライフよ」

その名前は何度か聞いたことがある。マルチまがいの販売方法で、大きくなった会社だ。お皿や鍋《なべ》などの日用品を主に扱い、何億円もの年収を得ることができる、というふれこみで活動している。ぼくも一度、大学のOBに喫茶店に呼び出されて、ホットライフの勧誘を受けたことがある。その先輩は、目を輝かせて、ホットライフがいかに未来のある企業か、これをやっていくことでどれだけ成功できるかを語っていたが、なんとなく胡散臭《うさん》いものを感じたぼくは、大して話も聞かずに断った。そのときに、「おまえがそんなに根性のない奴だと思わなかったよ」などと失礼なことを言われたのをはっきり覚えている。でも、ホットライフがいったいどうしたというんだ。

「中川さんはホットライフの熱心な信者なのよ。社内でもしょっちゅう勧誘しているわ。天満さん、彼女と同じ部署だからつけこまれたのね」

「ということは、引き出物をキャンセルしたのも、彼女なんですか？」

「あったりまえでしょ！　でなきゃなんで、そんなタイミングよくお皿セットを用意しているのよ！　偶然持っていたなんて言い訳は通らないわよ。のしまでかけておいて」

「ひえええ」

あまりにあくどいというか、強引な遣《や》り口である。

「今までもかなり問題を起こしているわ。新入社員の実家に直接売りに行ったりね。息子の会社の人間だったら邪険にできないでしょ」

「そんなことやっていて、クビにならないんですか」

「うちの会社は組合が強いからね。彼女、結構長く勤めているし」

「それにしたって……」

「可哀想に、天満さん。結婚式当日にこんなことがあるなんて、向こうのご家族になんて言っていいのかわからないよね」

黙ってデザートをぱくついていた原西が、顔を上げた。

「中川さんって、どの人ですか?」

「ほら、あそこに立っているでしょ。ショッキングピンクの大人げないスーツを着た、化粧の濃いおばちゃん」

富永先輩の解説にも妙に悪意がこもっている。どうやら、よっぽど彼女のことが嫌いらしい。まあ、話を聞く限り、嫌われてもしょうがないだろうし、ぼくもたとえなにがあってもお近づきになりたくはない。

原西はなにか考え込むように、首を傾《かし》げていた。

二次会会場のホテルに移動したあと、壁際に立ってみんなに挨拶している天満を見た。式が終わったあと、引き出物の話を聞いたらしく、ひどくふさぎ込んで、無理矢理に不自然な笑みを浮かべている。ぼくに気がつくと、目で合図する。

ぼくは彼女のそばへ寄った。人の波が途絶えると、彼女は吐き捨てるように言った。

「信じられない」

「引き出物のことか」

こくん、と頷く。

「何度も引き出物にホットライフの商品を使えって言ってきたの。だから、花栄デパートに注文していますからって断ったんだけど、それがいけなかったのね。でも、まさか勝手にキャンセルするなんて」

「旦那さんのご家族はなんて言ってる？」

「おかしな人はどこにでもいるから、しょうがないって言ってくれているけど」

「よかったじゃないか」

「よくないわよ！」

彼女はぎゅっと唇を噛んだ。

「今回の引き出物はふたりで相談して選んだのよ。ふたりで、できるだけありきたりでなくて、みんなに喜ばれるものをって、考えて、考えて、選んだのに、それが全部、無駄になっちゃった」

そうだ、単に品物が変わったという問題じゃない。踏みにじられたのは心なのだ。そう思うと改めて怒りがわいてくる。

また人に囲まれはじめた天満から離れて、手洗いに行くため、会場を出る。廊下の角で、原西がロビーをうかがうようにしているのを見つけた。

ぼくと同じくらいある長身の背中に近づいて、声をかけると、「しっ」と口に指を当てられた。

富永先輩が口論しているような声がする。原西と並んで、覗きこむと、思った通り富永先輩の背中が見えた。やはりというか、相手はホットライフの中川である。

「とにかく、天満さんとご家族にお詫《わ》びをしてください」

「どうして、謝らなきゃならないのかしら。困っているところを助けてあげたのに」

「キャンセルしたのもあなたでしょ」

「そんな証拠がどこにあるんですか」

先輩はぐっとことばに詰まった。たしかに電話だけではだれがやったのか証拠がない。

中川は勝ち誇ったように胸を張った。

「もし、たとえそうだとしても、本当にいいものを引き出物にすることができたんですもの。感謝されてもいいはずですわ」

なんという言いぐさだろう。腸《はらわた》が煮えくり返るような気がする。唖然《あぜん》として、ものも言えない富永先輩をそのままに、彼女は悪びれた様子もなく立ち去った。

憤然とした表情で富永先輩が戻ってくる。

「ちょっとお、今の聞いた？　すごい言いぐさですね」

「聞きましたよ。すごい言いぐさですね」

ぼくは同意を求めるため、原西に目をやった。彼女の顔に浮かんでいたのは怒りではなく、なんとも奇妙な表情だった。


「たーいへん」

話し終わると、キリコは呆《あき》れたような声をあげた。

「なあに、それ。災難よねえ」

「本当だよ。常識のない人には困ったもんだ」

彼女はモップの柄を支えにして、身体を揺らせている。

「中川さんって知ってる。なんか、異常に愛想がいいのよね。でも、いい人というより、なんかよけい胡散臭い」

「その嗅覚《きゅうかく》は正しいよ」

見ればぼちぼち、出社する人が多くなってきた。キリコはモップを持ち上げた。

「じゃあ、そろそろ行くわ。またね。大介」

「おう」

軽やかに走り去る彼女の後ろ姿を眺めながら、ぼくはエレベーターのボタンを押した。


夕方、残業と戦っていると、目の前の電話が鳴った。右手で電卓を叩きながら受話器を取る。

「もしもし、大介？」

電話の主はキリコだった。今まで、電話をかけてきたことなんかない。

「どうしたんだよ。今どこにいるんだ」

「社食前の公衆電話」

同じ社内なのに、なぜ、外線を通して電話してくるのだ。

「今忙しい？　忙しかったらいいんだけど……」

ぼくは目の前の書類をとりあえず無視することにした。あとでサービス残業でもすればいい。

「いや、それほどでもない」

「ちょっと下りてきてくれない？　説明はそれからする」

書類を横にどかせて立ち上がる。別に女の子に呼び出されたからって、へらへら仕事を投げ出すわけではない。一年近いつきあいで、キリコが、わがままやきまぐれで男を、いや、少なくともぼくを呼び出すような子ではないことを知っている。

ちょっと困っただけで他人に頼る人間とは違う。なんたって、彼女はこの会社中のトイレを、ひとりできれいにしている女の子なのだ。どんなに汚れていようとも、嫌な顔ひとつせずに。

だから、彼女が呼び出すからには、よっぽど重大なことか、ぼくに関係あることに違いない。エレベーターで一階にある社員食堂に向かう。社食前には彼女はいなかった。終業後の人のいない社食を覗くと、窓際の席に腰掛けて、ひとりでお茶を飲んでいる。

「どうしたんだよ」

彼女の前の席に腰掛けようとすると一瞬、きっとにらまれる。なんだかわからずに、ぽやんとしていると、目の前にファッション雑誌が突き出された。

「ねえ、大介。この洋服可愛い？　わたしに似合うと思う？」

なんだなんだ、そんなことで呼び出されたのか。いったいどういうことだ。憮然《ぶぜん》として雑誌に目を落として、気がついた。そこにはマジックで、「よけいなことは言わないで。無駄なお喋りをしているふりをして」と書いてあった。

キリコは、雑誌を引き寄せると、マジックで「前の席」と書いた。観葉植物と自動販売機のせいで、入り口から死角になった席には、ふたりの女性が座っていた。ひとりはホットライフの中川、そうして、もうひとりは原西だった。

ぼくたちは、耳だけをその席の会話に集中させて、口では無駄なお喋りをすることにした。

「こっちのワンピースの方が可愛いんじゃないか」

「えー、わたしはこっちが好きー」

まるでバカの二乗だが、今はそんなことは言ってられない。

「この会社で、四十年働いたとしても先は大体見えるでしょ。ましてや女だったらいつ、どんなことで働けなくなるかわからないし、出世だって限られてるでしょ。でも、ホットライフなら、自分の努力次第で、何十万、何百万の月収をあげることができるのよ」

どうやら、熱心に勧誘されているらしい。原西の表情はぼくの席からは見えないが、かすかに相づちを打つ声が聞こえる。

「わたしの身近なメンバーも、この前ハワイに別荘を持ったのよ。すごいでしょ。あなた、このまま働いていて、ハワイに別荘が持てると思う？　無理よね。社会のレールに乗って走っているだけじゃ、夢なんて自分の元にやってこないのよ。勇気を出して、チャンスをつかまなきゃ。それに、なにも会社をやめるというリスクを負う必要もないの。あなたの空いている時間に、あなたの大切な人、家族やお友達ね。そういう人たちに、ホットライフのすばらしい商品を紹介するだけでいいのよ」

何度も繰り返しているのか、中川女史の口から漏れることばはよどみない。原西はどんな思いでそれを聞いているのだろうか。

はじめて原西の声がした。

「わかりました。わたし、やってみます」

たぶん、ぼくの目はまん丸になっていただろう。キリコの目がそうなっていたから。

「えらいわ、原西さん。あなたなら、きっとそう言ってくれると思っていたわ。最初に目を見た瞬間からね」

いったいどういうことなのだ。あの聡明な原西しのぶが、中川女史の語るうますぎる話を鵜呑《うの》みにしたわけでもあるまい。

「じゃ、一緒に頑張っていきましょう。原西さん！」

ふたりが立ち上がる。呆然《ぼうぜん》としていたぼくと原西の目が合った。

「あら、梶本くん。キリコちゃんも」

「こんにちは」

キリコは妙にいい子っぽく挨拶をした。

「あ、あのねえ。わたし、中川さんに紹介されてホットライフをはじめることにしたの。ふたりも、中川さんのお話を聞いたら？　すっごく勉強になるのよ」

中川女史は、喋りたいという気持ちを満面に浮かべて、こちらに近づいてくる。

「あ、わたし、そろそろお掃除しなきゃ」

キリコは卑怯《ひきょう》にもひとりだけ逃げ出そうとした。

「ぼくも仕事が残っているんで、この辺で」

そうして、ぼくらはすたこらさっさと逃げ出した。

資材置き場でゴミ回収カートを引っ張りながらキリコがため息をついた。

「わたしてっきり、原西さんがつきまとわれて困っているもんだと思ったから、大介と一緒に助けようとしたのよ。ごめんね、勘違いして呼び出しちゃって」

「いや、それは全然かまわないけどさ」

本当に原西は、そんなマルチまがいのビジネスをはじめることにしたのだろうか。

「早いうちにやめさせないと。ああいうのは洗脳されるって言うし」

「でもさー、よく考えたら個人の自由なのよね。別に法律に触れることをしているわけでもないし」

キリコはひどく冷たい反応を見せた。

「じゃあ、放っておくのか」

「それがいちばんいいんじゃないの」

これが今どきの若い娘の考え方なのだろうか。あまりにもクールというか、個人主義というか。

「ぼくはひとりでも止めるぞ」

「よした方がいいと思うけど」

彼女の呆れた声を背中に聞きながら、ぼくは原西のいる営業事務課へ向かった。

コピー機や書類棚の横をすり抜けて、彼女の机を探す。だが、机にはだれも座っていなかった。周囲を探していると、彼女の向かいに座っている笠置《かさぎ》さんと目が合う。

「あれ、どうしたんだい、梶本くん」

「いや、原西さんにちょっと」

笠置さんは、わざわざ立って、ボードを見に行ってくれた。

「笠置さんて、仕事もできるし、すごくいい人なのよ」

そう言っていた原西のことばを思い出す。もう三十近いのに、童顔のせいで学生によく間違えられると言っていたが、よく言えば、少年の雰囲気があるということだろう。顔をくしゃくしゃにするような印象的な笑い方をする人だ。

笠置さんはすぐ戻ってきた。

「残念ながら、彼女、もう帰ったみたいだよ」

「そうですか。すみません。また出直します」

どうやら、さっき話を聞いてそのまま帰ったらしい。説得は明日にするしかなさそうだ。

見れば、向こうからキリコがゴミのカートを引っ張って歩いてくる。腹立たしいので無視することにした。しかし目が合うと、彼女の方から「いーっ」をされた。

どうも、対キリコ戦は分が悪い。

彼女はゴミ箱を集めながら、笠置さんの横まで来た。

「いつもありがとう」

笠置さんは、キリコが手を伸ばすより先にゴミ箱をとって、彼女に渡す。

「あ、すみません」

そのまま行きかけた彼女だったが、ふと、気づいたように足を止めた。笠置さんに話しかける。

「すみません。ちょっとお聞きしたいんですが、原西さん、最近なにかおかしくありませんでした？」

「原西くん？　いや、別にいつもと一緒だけど」

「仕事の上でトラブルを抱えていた、とか、そういうことは」

「いやあ、別になにもないと思うよ。なにかあったら前に座っているぼくに、わからないわけはないんだし」

ぼくは、壁に貼《は》られている支社別の営業成績グラフを見るふりをして、話を聞いていた。なんだかんだ言って、キリコも原西のことを心配しているようだ。

「そうですか。すみません、どうもありがとうございます」

彼女はぺこり、とお辞儀をして、ゴミ回収に戻った。ぼくの後ろを通るとき、ご丁寧に、カートを腰の辺りにぶつけていく。にらみつけたが、知らん顔をされた。

入り口そばの席に座っていた女の子が、ぱたぱたと走ってきた。髪の毛を後ろでゆるく編んで、小作りな顔をした可愛い子だ。制服の胸ポケットにミッキーやキティちゃんのついたペンをいくつも差している。

笠置さんの横の椅子にすとんと座ると、上目遣いに彼の顔を見ていた。

「笠置さん、今、掃除の女の子と喋ってた」

舌っ足らずな甘えるような喋り方。

「ん、ああ、ちょっと原西くんの噂をしただけだよ」

「ほんと?」

「本当だよ。大したことじゃない。なに気にしているんだよ」

「だって、あの子、可愛いもん。由紀《ゆき》よりも可愛いもん」

「そんなことないって。由紀はやきもちやきだなあ」

どうやら、笠置さんとこの女の子はつきあっているらしい。

「ごめんなさい。まだ、お仕事終わらない?」

「ん、ああ、もうすぐ終わるよ。帰ろうか」

「うん、由紀、待ってる」

自分で自分を「由紀」なんて呼ぶあたり、いかにも可愛く見せようとしている気もするが、たしかに可愛い。部外者だから「なに言ってるんだ」とバカにできるが、きっと正面向いて、上目遣いに「由紀、待ってる」なんてやられたら、背骨までとろとろだろう。

帰るとき、由紀ちゃんの席のそばを通った。ふわん、といい匂いがした。

「やっぱり駄目だったわ」

次の日の昼休み、戻ってきた富永先輩が疲れ果てたようにつぶやいた。

朝、ぼくが先輩に昨日の出来事を話したのだ。富永先輩は憤然と立ち上がり、「説得してくるわ」と叫んで、原西と昼食を食べに行ったのだ。

「そんなマルチ商法に手を出すものじゃないって言ったら、ホットライフはマルチ商法でもネズミ講でもないってさ」

先輩はため息をついて、机にうつぶせた。

「最後には怒っちゃうし。『大人のすることに口を出さないで下さい。先輩には迷惑をかけませんし、仕事に差し障りのないようにします』って。そう言われちゃあ引き下がるしかないわよね」

先輩がわざわざ心配して言ってくれているのに、そんなことを言ったのか。ぼくは少し原西に幻滅した。

「あーあ。彼女、もっと賢い子だと思っていたけどなあ」

お茶を入れていたオペレーターの植田さんが、話に加わる。

「ああいうのって、かえってまじめな人がはまっちゃったりするんですよね」

「そうなのかなあ」

「いちばんショックだったのは、高校のとき憧れていた男の子に、卒業して何年目かにバレンタインデーに呼び出されたんですよ。わーいってチョコ持って出かけていったら、ホットライフの勧誘だったの」

そ、それはショックだろう。

富永先輩はにやり、と笑った。

「で、チョコは渡したの？」

「渡すもんですか。断ったらお茶代も割り勘だったのよ。信じられない。帰ってばりばり食べましたよ」

富永先輩は頬杖《ほおづえ》をついた。

「でも、ああいうマルチにはまる人って、なんとなくみんな似ているのよ。普通以上にプライドが高くて、社交的だけど、自分のことしか話さないようなタイプ。でも、彼女はそんなふうには見えなかったんだけど」

「それは、マルチにはまるタイプがそうなんじゃなくて、マルチにはまったらみんな、そういう性格になるんじゃないですか」

「ああっ、植田さん鋭いわあ。じゃあ、彼女もわたしの嫌いなああいうタイプになるのかしら」

「しかも、みんな言うことが似ているんですよね。ベンツを三台持っているとか、都心の高級マンションの最上階とか。そういうのをステイタスだと思う感性って、ちょっとどうかと思うんだけど」

植田さんは冗談めかして言いながら、席に戻っていった。富永先輩は、小声で「残念だわ」とつぶやいた。

「先輩、マルチまがいは嫌いみたいですね」

こくり、と頷く。

「ああいう人たちって、人間関係をビジネスに、とか言うでしょ。でも、そうじゃないと思うのよ。大事な財産である今までの人間関係を、人生の半ばでとっとと換金してしまっているような気がするの」

「あとにはなんにも残らないってことですね」

　ぼくは重苦しい気持ちに苛《さいな》まれながら、原西のことを考えた。

　金曜日、帰る途中の喫茶店で、キリコを見かけた。珍しく髪を下ろして、ジーンズなどはいている。彼女の話している相手を見て、ぼくは自分の目を疑った。

　ホットライフの中川女史である。

　あわてて、喫茶店の中に入る。彼女たちの話が聞けそうな席に腰を下ろすと同時に、キリコに見つかった。

「あら、大介。どうしたの。こっち来れば」

　そっちには行きたくない。中川女史のあの気に障る喋りを聞かされるのはまっぴらだ。

「いや、ちょっと本を読みたいんでね」

　キリコはふうん、と含み笑いをした。

「あのね。わたしもホットライフの会員になることにしたのよ」

「なんだって！」

「中川さんの話を聞いてみたら、思っていたような怪しい商売じゃぜんぜんなかったの。原西さんがやる気になった気持ちもすっごくわかるわ。おもしろそうだし、やってみようと思って」

中川女史は顔に張りついたような笑みを浮かべて、頷く。

「キリコちゃんは、若いのに本当に頭が良くてびっくりするわ。わたしの言うことを最初から、こんなに理解してくれた人は少ないわよ」

「そんでね。これから、ホットライフの集会に連れていってもらうの。すごくためになるお話が聞けるんですって」

「梶本さんも一緒にいかが？」

「あ、大介は駄目よ。ホットライフに偏見があるの」

中川女史は、いかにも「可哀想に」といった表情でぼくを見た。

「マスコミなどが興味本位で書きたてますからね。誤解をされている方が多いんですよ。本当に残念なことですわ」

「じゃ、行きましょ。中川さん」

キリコは、小さいリュックを背負うと、女史を促した。

「じゃあ、梶本さん、また今度ゆっくりお話をしましょうね」

出ていくふたりを見ながら、急いで考えをまとめる。しっかりしているようでも、キリコはまだ若い女の子だ。人生経験も少ないから、中川女史が言うことを、鵜呑みにしてしまったのだろう。きっと集会というのは大洗脳大会みたいなもので、そこに行ったら最後、契約するまでは出てこられないのではないか。

と、するとぼくのすることはひとつしかない。キリコをそんな場所から助け出すのだ。

考えがまとまると、ぼくは立ち上がった。早く彼女らの後を追わなければ。

喫茶店から飛び出して、駅まで走る。運良く、途中で彼女らの姿は見つかった。そのあとは、向こうに見つからないように距離を置いて、ついていく。

駅から電車に乗り、三つ目の駅で降りる。ぼくは刑事ドラマよろしく、彼女らを尾行した。

彼女らが入っていった建物に入ろうとして受付で止められた。

「どなたかのご紹介ですか？」

「え、あ、いや。ちょっと通りかかったんですが、前から興味があって」

「ご紹介がないと入れませんが」

失敗した。これなら、最初から中川女史の名前を出しておけばよかった。しかし、今さら言うのも怪しまれそうだ。

少し離れたところに立っていた屈強な男性が近づいてくる。

「いいじゃないか。なんなら、わたしの紹介ということにしておいてくれ」

どうやら彼は顔らしく、受付嬢は頷いて通してくれる。

すでに集会ははじまっているらしく、会場では二十四、五歳くらいの女性がマイクを持って喋っていた。

「最初はあ、まさかそんなにうまくいくわけないって思ってたんですう。でも、ホットライフのダイエット食品が欲しくて、それが安く買えるからって会員になったんです。そしたら、すごく痩《や》せて、お友達がみんなホットライフに興味を持ってくれて、会社が休みの日しか活動していないのに、今では月収二十万円ですう」

会場にいる全員が、恐ろしい勢いで拍手する。さすがに異様な雰囲気である。キリコの姿を探すが見つからない。こんな日に限って、目立たない地味な格好をしてきたキリコを少し恨む。

今度は別の中年男性が立って喋っている。

「わたしは口べたな人間だったので、うまく売れるかどうか心配だったのですが、なにも問題ありませんでした。商品自体がいいから、黙っていても売れるのです。買ってくださった人には感謝されるし、人の輪は広がるし、本当にすばらしいビジネスです。今では月収五十万円です。早く次のステージへあがりたいです」

横に、どすんと人が座った。さっき受付にいた男性だ。彼はぼくの目を覗き込むようにして、喋りだした。

「きみは本当に、行動的な人間だ。興味を持ったら行動する、それが大切なんだ。きみみたいな人なら、ホットライフをやってもきっと成功する！」

どうやら、この男はぼくが会員になるものだと決めてかかっているようだ。

「いいえ、今日はお話だけ聞こうかと……」

「今日はじめるのと、明日はじめるのでは、違う。一日早くはじめると、それだけ収入が違ってくるんだ。要するに、勇気のあるものが、得をしていくんだよ」

彼はぐい、と顔を近づけてくる。

「あ、あの、よく考えて決めたいので、そう簡単には」

「もしかして、マルチ商法じゃないか、怪しい、そう思っているんじゃないだろうな」

「い、いいえ、そんなことないです」

「いいやっ！　思っているっ！」

彼は声を張り上げた。

「あ、は、はい。少しだけ……」

「それがマイナス思考だと言うんだ。自分の知らない世界は、怪しいと思って遠ざかる。それが自分の手で、チャンスを遠ざけているんだ！」

キリコはいったいどこにいるんだろう。会場中が異常な興奮で包まれている。

「きみのまわりに、ベンツに乗っている人はいるか！」

耳のそばで叫ばれる。

「い、いません……」

「なんでいないと思う！」

「なんでって言われても……」

「それは、きみのまわりにはその程度の人間しかいないからだ。きみの常識はその世界の常識なんだ。こっちの世界はそことは違う。ベンツを何台も所有したり、都心の高級マンションの最上階を借り切って住んでいるような人たちの世界だ。きみもこっちの世界に入りたくはないのかっ」

「い、いえ、そういうわけでは……」

「もし、このチャンスをみすみす逃すなら、きみは虫けら以下の人間だ。臆病《おくびょう》になるなっ！　プラス思考で行け！」

スーツを着た男が前に立つと、会場から異様な歓声があがる。

「みなさーん。去年ホットライフは五百億円の売り上げをあげました。まだまだ、売り上げは伸び続けています。今年は一千億円を目指します。だから、みなさんにもチャンスはあります。反対に言えば、チャンスは今しかないのです。いいですか。このチャンスをモノにして年収一億を目指してください！」

隣の男はより一層、顔を近づけてくる。

「きみが会員を勧誘すると、その会員が買った金額の五パーセントがきみの手元に入ってくる。その会員が新しい会員を勧誘すると、そこからも五パーセントが。苦しいのは最初のうちだけ。努力は必ず結果を生む。あっというまに月五万円、それを過ぎればおもしろいほどお金が入ってくるっ」

「は、はい……」

キリコはどこなのだろうか。このままでは押し切られてしまいそうだ。早くキリコを連れて逃げなければ。

「きみは虫けらか！」

「い、いえ……」

「だったら、一緒にホットライフをやろう！」

急に、腕に柔らかいものが絡みついた。

「キリコ！」

彼女がいつのまにか横に座って、ぼくに腕を絡めている。

男が不審そうな顔をした。

「お嬢さん。どうかしたのかな」

「ごめんなさい。この人、わたしのダウンなのよ」

「な、なんだ。もうはじめていたのか」

「そうなんです。まだはじめたばかりだから、よくわかっていなくて。ほら、ちゃんと謝って。この方、大介を新人だと思って一生懸命話してくれたんだから」

よくわからないが、謝って、勘弁してくれるなら、いくらでも謝る。

「どうもすみません」

「なんだ、最初からそう言ってくれればいいのに」

キリコはぼくの手を引っ張るように、立ち上がらせた。

「では、失礼します」

そのとき、会場の奥に原西の姿を見つけた。彼女はぼくの顔を見て、目を丸くした。

キリコに引っ張られてやっとのことで会場を後にする。

「もー、なんでついてくるのよー」

キリコは口を尖らせている。

「まさか、キリコ、あんなところの会員にならないだろ」

「あら、なんで?」

「だって、怪しいじゃないか」

「怪しくないわよ。お店を使わずに、人を使ってものを売っているだけじゃない」

「胡散臭いだろ」

「それは大介の偏見よ」

「キリコ!」

彼女はくるっと振り向いた。

「だーめ。そんなことでは、その気になっている人をやめさせることなんかできないわよ」

彼女は長い髪をくしゃっとかきあげた。

「そうねえ。マージンが五パーセントって言っていたわよね。ということは、誘った会員が毎月二万円必ず買ってくれるとしても、月五万円稼ぐためには、五十人を誘わなければならないわけね。しかも、その五十人は確実にわたしより、儲《もう》けが少ないわけで、しかもわたしも上の人を儲けさせるために、二万円を使い続けなくてはならないわけ。要するに、必ず、末端に儲からない人、損をする人がいないと成り立たない商売ということ。しかもその損をする人は、儲ける人よりもずーっとずーっと多いってこと。それってやっぱり、おかしいよね」

ぼくはぽかんとしたまま、キリコの論理展開を聞いていた。

「とまあ、わたしを説得するなら、それぐらいのきちんとした理由を探してね」

「キリコ、わかっているんなら、なぜ」

「しっ、黙って」

後ろから誰かが走ってくる気配がした。

「キリコちゃん。梶本くん！」

原西が息を切らせて立っている。

「どうしたの。どうしてあなたたちがここに来ているの」

キリコはにっこりと彼女に笑いかけた。

「わたしも大介もホットライフをはじめることにしたんです」

ね、とぼくの顔を覗き込む。どうやら、彼女にはたくらみがあるらしい。ぼくも、当たり前のような顔をして頷く。

「本気なの」

彼女は信じられないといった表情で問いかけた。

「本気ですよう、もちろん。さっきの集会でいろいろ聞いたし」

彼女は少し躊躇《ちゅうちょ》するようなそぶりを見せて、口を開いた。

「悪いことは言わないわ。やめた方がいいわよ」

「どうしてですか。原西さんはやるんでしょ。なんで原西さんがやるのに、わたしたちがやってはいけないんですか？」

「だってあなたたちが一緒にやったら、お客の取り合いになって売れるものも売れなくなるでしょ」

キリコは、くすりと笑った。

「矛盾してますよ、原西さん」

「え？」

「ホットライフは人が増えるほど儲かるビジネス、本当に洗脳された人なら一緒にやりたいという人を絶対に止めたりしません」

キリコは腕を絡めた。原西の目をまっすぐに見つめて彼女は言った。

「駄目ですよ、原西さん。最初からつまずいているじゃないですか。どう考えても、あなたにはできませんよ。他人を騙《だま》すなんて」

彼女ははっと顔をあげた。ひどく苦しげな顔をしている。

キリコはとびきりの笑顔で微笑《ほほえ》んだ。

「心を片づけてしまうなら、もっと楽しいことをしましょうよ」

原西は目を見開いて、そのあと泣きそうな顔になった。


「要するに、原西はなにをしたかったんだ」

帰り道、気分の良さそうな顔をしているキリコに尋ねた。情けないことに、ぼくはまだなにがあったのか気づいていない。

「なんて言っていいのかなあ。原西さん、心に目隠しをしたかったのよ。心をどっかにやってしまいたかったの」

「心を？」

まだ、キリコの言っていることがわからない。

「天満さんの結婚式での、中川さんの振る舞いを見て、原西さんは気づいたんだと思う。この人は、なんにも見えていない人だ。心に目隠しされている人だって」

たしかに、少しでもものが見える人間なら、あのような常軌を逸した行動をとるはずはない。

「目隠しは要するにホットライフよ。マルチ商法自体が目隠しになるわけじゃない。でも、マルチを構成するためには、損をする人が必要。そして、どうやって人に損をさせるか、そのために、今日のような集会があるのね。成功談だけを取り上げて、あたかも誰でもそれに到達できるように思わせる。少しでも迷ったり、不安を持ったりすることは、マイナス思考として、恥ずべきものとされる。信じて努力すれば、結果は自然と出る。結果が悪いのは、あなたの努力が足りないからだ。そう刷り込まれ、繰り返されて、なにも知らない人は真実から目隠しされるのよ」

しかし、なぜ、原西はそんなことを望んだのだろう。

キリコはひとりで納得するように、腕を組んだ。

「原西さんみたいな人が、結局いちばん損をしているのよ。みんなの意見のまとめ役で、いつも人に対して気を使って。性格的にわがままは言えないし、人を困らせたり、嫌な気分にさせることは絶対にできない。原西さん、少しそういう自分がいやだったんじゃないかな。まわりのことなんか、なにも見たくない。そう思ったたんじゃない」

「だからといって、こんな過激なことをしなくても」

キリコは下唇をつきだした。

「彼女のストレスが最大限になっていたとしたら？」

「どういうことだ」

「んもう、鈍感。気づかなかったの。彼女、たぶん、笠置さんのことが好きよ」

そう言われて、ぼくははじめて、原西が笠置さんの話をするときの顔を思い出した。

「でも、彼には同じ部署でつきあっている女の子がいる。しかも女の子の性格から言って、社内でも仲良くしているのを隠すはずもないし、まわりに気を使うはずもない。彼女は、いつも目の前で、そんなふたりを見てきたのよ。でも、原西さんの性格では嫌な顔もできないし、女の子に嫌みのひとつも言って気を晴らすこともできない。もしかすると、その子を嫌いになることすらできなかったかもしれない」

もし、そうだとしたら。原西は、心に目隠しをすることを望んだ。洗脳されて、機械のように上から焼き付けられたことばを喋るだけの人間。自分で考えて動くよりも、そうなりたいと願ったとしたら。たぶん、彼女の悲しみは計り知れないほど深かったのだろう。

「もう、大丈夫なのかな、原西は」

「笠置さんのことは大丈夫だとは言えないけど、少なくともマルチには手を出さないと思う。だって無理だもの。わからずに機械になることはできても、自分から機械になることとなんかできないよ」

キリコはぽつん、とつぶやいた。

「なにか違うものが見つかればいいけど」


一週間後、ひさしぶりに見た原西の顔はずいぶん日焼けしていた。

「ハワイに行ってきたんだよーん」

そう言ってマカデミアナッツチョコを差し出す。

「うわー、ずいぶんベタなおみやげだなあ」

「買ってきただけありがたいと思え。はい、キリコちゃんにはこれ」

「わ、うれしい。開けていいですか」

キリコは掃除機をほったらかして、包みを解きはじめた。

「わー、かわいいー」

南洋の花がゆらゆら揺れる鮮やかなピアスだった。

「いいなー、ハワイ」

「ふっふっふっ。貯金使っちゃったよ」

キリコは意味深な笑い方をした。

「でも、その方がいいですよ。絶対」

「うん、わたしも向こうの海で泳いでいて、そう思った」

笑う原西の耳にも、それと同じピアスが揺れていた。

CLEAN.4

ダイエット狂想曲

三キロ太った。

机に戻ると、先に健康診断を受けた女性陣が、顔をつきあわせている。

植田さんが、くるりと振り向いて、ぼくに尋ねる。

「大ちゃんは、何キロ増？」

「三キロです」

「やっぱり」

富永先輩が、机に肘《ひじ》をついて、嘆息する。

「みんな、ちょうど三キロずつ増えているのよ」

「つまり、ぼくたちがこの三ヶ月、食べ続けたお菓子が、ちょうど三キロの脂肪に変換されたということですね」

「そうなのよ。わかりやすいったら」

植田さんがさも忌々《いまいま》しげに鼻の頭にしわを寄せる。

原因は明らかである。三ヶ月前、会社から歩いて三分のところに、新しいケーキ屋ができた。そこのクッキーが絶品なのである。ハーブを入れたのとか、ナッツやドライフルーツを入れたの、甘さはそこそこで、バターがたっぷりきいているアメリカンタイプのクッキーがいろいろ量り売りで買えるのだ。

女の子が多いオペレータールームのこと、毎日のようにだれかがそこのクッキーを買ってくるし、そうなれば、必然的にお茶を入れてみんなで食べることになる。美味しいものだからつい後を引き、そんなこんなで三キロ増、というわけだ。

「三キロって結構大きいわよね」

「大きいです。ぼく、ベルトの穴、ひとつ移動しました」

「わたしだって、制服のスカート、ベルトが折れるようになったんですよう」

オペレーターの中で一番年下の、二宮さんが口を尖らせる。彼女はもともと華奢《きゃしゃ》なので、多少太ってもどうってことはなさそうだが、やはりショックらしい。

「あんたのスカート、もともと七号じゃない。わたしなんて、これ以上太ったらもう最悪よう」

つっこみを入れる鴨川さんは、たしかにどちらかというとグラマーな方である。とはいえ、いちばんよくクッキーを買ってきたのは彼女なのだ。

「とにかく、オペレータールームでは、しばらくお菓子厳禁よ」

一番年上の植田さんが決心するように言った。だれも異存はない。

「でも、問題はこの増えた脂肪よね」

富永先輩の言葉にみんなで頷く。

「ダイエットしようか。みんなでやったら、結構簡単かもしれないですよ!」

「あ、それいいかも。ダイエットに挫折するのは、たいてい周りからの誘惑のせいだもん。みんなで我慢すればそんなに大変じゃないですよ」

「賛成!」

みんなの視線がぼくに集まる。

「ぼ、ぼくもですか?」

「当たり前じゃない。大ちゃんも三キロ増えたんでしょ」

「はあ、まあそうですが」

ダイエットなどやったことがない。だいたい、あんなものはよほどの肥満体の人か、女性がやるもんじゃないのか。

「甘いわねー。油断しているとすぐお腹がでてくるわよ。だいたい、大ちゃんだけがふつうに食べていたら、みんなの士気にかかわるじゃない」

植田さんがものすごい圧迫感で迫ってくる。こうなると、理屈が通じる相手ではない。周りを見回しても、だれも助け船を出してくれそうな感じはない。いつも冷静な富永先輩でさえ、こちらをにらみつけている。女性にとって三キロの体重というものは、かくも重いものなのか。

ぼくは観念した。なにごとも経験だ。

「わかりました。一緒にやります」

取引先の人を玄関まで送った。

受付の女の子とちょっと雑談などして、部屋に帰ろうとすると、いきなり声をかけられた。

「あのー」

振り返ると宅配ピザの制服を着たお兄ちゃんが、なにやら不安そうな顔をして立っている。

「どうかしましたか？」

「あの、ここの会社にピザのデリバリーを頼まれたんですが」

「ああ、どこの部署ですか？」

「それが、地下一階のいちばん東の部屋に持ってきてほしいとだけ言われたんです。んで、行ってみたんですが……」

地下一階のいちばん東の部屋。ぼくは、彼がなぜ困っているのか即座に理解した。

「あそこは、掃除用具倉庫です」

「ですよねえ。やっぱ悪戯《いたずら》だったのかなあ。どうもすみません」

背を向けて立ち去ろうとするピザ屋の兄ちゃんをあわてて引き留める。

「あ、悪戯じゃないと思いますよ。ぼく、頼んだ人間に心当たりがありますので、代わりに引き取ります」

「本当ですか。助かります」

財布を持ってきていてよかった。ぼくはピザの代金を払って、箱を受け取った。こんなものを持ってエレベーターに乗るわけにはいかないので、非常階段で地下一階に下りることにする。

トマトソースとチーズの匂いに、腹の虫が騒ぐ。今朝のダイエット宣言のせいで、昼食は軽くすませたのだ。

上の階から、だれかが軽快に駆け下りてくる音がした。ぼくは立ち止まって、上を見上げる。

下りてきたのは予想どおりキリコだった。フローリング用のダストモップを手に、ぼくの横を通り過ぎようとする。

「あら、大介」

ぼくは、ピザの箱を彼女に差し出した。

「ピザをお届けに参りました」

彼女はもともと丸い目をもっと丸くした。

「大介、いつの間にピザ屋のバイトをはじめたの？」

「バイトじゃない。今、そこでピザ屋の兄ちゃんが困っているのを見つけてね。頼んだのキリコだろう」

「あ、そう。なんだあ、こんなに早くくるとは思わなかったんだもん」

キリコは、うちの会社の清掃作業員である。とはいえ、作業着など着た掃除のおばちゃんを想像してもらっては困る。

年は十七、八だろうか。真っ赤にブリーチした髪に、日焼けした肌。ピンクの豹《ひょう》柄などという、すっとんきょうな模様のニットワンピースに、踵《かかと》の高いストレッチブーツ。オフィスの非常階段とモップがこれほど似合わないやつも珍しい。土曜日の渋谷にでもいるほうが、ずっと自然である。

重苦しいくらい長いまつげには、ラメ入りのマスカラが光っている。

彼女は肩に掛けたウォレットからピザの代金を出すと、ぼくに渡した。

「ごめんね。おかげで助かったわ」

「それ、全部ひとりで食うのか」

「そうよん」

「太るぞ」

キリコはふふん、と鼻で笑った。

「ふんだ。一日中デスクワークばかりしている人に、わたしの健康的な食欲がわかるもんですか。こんなピザのカロリーくらい、晩御飯までに消費してやるわよ」

たしかに、このビル中を掃除するとなると、結構な運動量だろう。それにキリコは大きな掃除用具を持っているとき以外は、エレベーターに乗らない。最上階の七階まで平気で階段を駆け上がる。

そのせいか、食事に行けば結構な量をたいらげるくせに、ワンピースのスタイルはあくまでもスリムである。

「だいたい、食べる量を減らしたら、バストが落ちちゃうんだもん」

「それ以上落ちたら、そりゃあ困るよなあ」

憎まれ口をたたくと、ローキックが飛んでくる。

「とはいえ、Mサイズのピザ一枚はさすがにちょっと多いかもね。よかったら大介、二切れくらい持っていく？」

「いや、いいよ。実は今朝の健康診断の結果、三キロ太っていたんだ」

「あらあ」

彼女は含み笑いをすると、ぼくを下から見上げた。

「仕事終わった後、また二時間くらいわたしの仕事、手伝わない？　三キロくらい一ヶ月で落としてあげるわよ」

「いや、遠慮しておくよ。馬車馬のように働かせるつもりだろ」

「なによう。親切で言ってあげているのに」

彼女はぷうと口を膨《ふく》らませる。あ、と小さな声で叫ぶと、モップを手に取る。

「こんなことしていられない。ピザが冷めちゃう。じゃね」

「おう」

「とりあえず、エレベーターを使わず、階段で出勤するようにしてみたら？」

片手にダストモップ、片手にピザの箱という珍妙な格好で去っていくキリコを見送ると、ぼくはさっさと持ち場に戻った。

「梶本くん」

給湯室の前で声をかけられる。見れば、営業事務のＯＬの日比野《ひびの》さんが、缶ジュースを持って手招きしている。

「あ、日比野さん、こんにちは」

小山のようにでっぷりと太っているせいか、おばさんっぽく見えるが、実際はぼくとそんなに変わらないらしい。少し動いただけで息切れするのか、いつも額に汗をにじませて、ふうふう言いながら、書類の束をオペレータールームに持ってくる。

「ちょうどよかったわ。これ、入力お願いね」

そう言って差し出すのは、午後中に入力する予定の書類である。どうやら、オペレータールームに持ってくる途中で、ひとやすみしていたらしい。

彼女こそ、キリコの掃除を少し手伝って健康的に減量した方がいいのでは、と大きなお世話なことを考える。

「どうかしたの？」

「いえいえ」

ぼくは考えていたことを悟られないように、にっこり笑って書類を受け取った。

「そうそう、明日から派遣のオペレーターがくるんでしょ」

「あれ、よくご存じですね。ふたりきますよ。たしか、大崎《おおさき》さんと日比野さんという……あれ？」

「そ、実はわたしの妹なの」

「ああ、そうなんですか」

彼女は豊満すぎる胸を張った。

「二年前、病気で前の職場を辞めて、しばらくぶらぶらしていたんだけど、やっとよくなってきたみたいだから仕事してもらわなきゃ、と思って。今はふたりで暮らしていて、生活費も家賃もわたしが払っているんだけど、いつまでも甘やかしておくわけにはいかないでしょ。世間知らずな子だけど、梶本くん、面倒見てあげてね」

「わかりました」

彼女は、ぼくの肩を軽くつついた。

「ちょっかい出しちゃだめよ」

ははは、と笑ってごまかす。申し訳ないが、日比野さんの妹では、まずそんな気は起こらないだろう。

「じゃ、わたしもそろそろ戻らなきゃ」

彼女は空になった缶ジュースを捨てると、丸い肩を揺らすようにして、給湯室から出ていった。


「大ちゃん、お茶」

鴨川さんがぼくの目の前に湯飲みを置いた。

「あ、どうもありがとうございます」

受け取って、一口飲んでむせた。

「か、鴨川さん、これなんですか！」

「ギムネマ茶っていって、ダイエットにいいのよ。甘いものを吸収しないようにするんだって」

「でも、これ苦いですよ」

「我慢して飲みなさいよ」

周囲を見回すと、富永先輩も植田さんも淡々とそれを飲んでいる。これ以上ごねることもできず、ぼくはその異様に苦いお茶を飲み干した。

席に帰った鴨川さんは、自分で入れたお茶を飲んで、「わっ、にがっ」と声を上げた。

植田さんが、タイピングの手を止めた。

「次からプーアール茶にしない？」

富永先輩が額に手を当てて頷く。

「そうね。あれも脂肪を分解するらしいし、あっちの方がまだ飲みやすいわ」

どうやら、ふたりともこの苦さには閉口していたらしい。

「遅れてすみません！」

二宮さんが大きな袋を抱えて、どたどたと走り込んできた。

「どうしたの、二宮ちゃん」

「近所のコンビニで、リンゴが売っていなかったんです。売っているところ探しているうちに、電車乗り遅れちゃって」

見れば、紙袋には赤や青のリンゴがたくさん入っている。

「リンゴがどうかしたんですか？」

尋ねると、胸を張って答える。

「リンゴダイエットよ。三日間、リンゴしか食べないの。これで三キロ落とすわよ」

聞いただけで、腹が減って倒れそうになる。

「だいじょうぶよ。リンゴだったら、いくらでも食べていいらしいの。わたし、リンゴ好きだし。飽きないようにいろんな種類を買ってきたんだから」

パソコンの前にリンゴを三つ並べてから、彼女は仕事をはじめた。

鴨川さんがタイピングの手を止めて、振り返る。

「甘い、甘いわよ、二宮ちゃん。どんなに違う種類を食べても、所詮、リンゴはリンゴよ。半日で匂いを嗅ぐのもいやになるわよ」

「そうかなあ」

「そうよ。わたし、昔やったリンゴダイエットの後遺症で未だにリンゴ嫌いだもん」

やっとったんかい、と関西人のようにつっこみたくなるのを抑えて、苦笑いする。

この調子じゃ、今日は仕事のペースがガタ落ちだろう。

富永先輩が、はああと、ため息をついた。

「そういえば、わたしも昔、ゆで卵ダイエットというのをやったことがあったわ」

「あ、知ってます。ゆで卵ばかり、一食に三個食べる、というやつでしょ」

「そう、よく考えてみれば、絶対無理よね。一食に三個なんて。最後には、匂いを嗅ぐだけで、吐きそうになったわよ。未だに温泉に行くと、硫黄《いおう》の匂いで『ああ、ゆで卵』と思っちゃう」

オペレータールームの女性陣四人、それぞれ体型の差はあれども、ダイエットが必要だと思われるほど太っている人はいない。

それなのに、これだけダイエット話が出てくるだなんて、女性は見えないところで努力をしているのだな、とつくづく思う。

打ち終わった書類を持ってきた植田さんにそう言う。

「そうなのよ。それなのに、男性は女性のウエストはもともとくびれているもんだ、と勘違いしているのよ」

「そうそう、一方で『女の子はダイエットなんかせず、たくさん食べた方が可愛いよ』とか言いつつ、いっぱい食べて太ってしまうと、とたんに女性扱いされなくなるんだもん。虫がいいわよねえ」

なにか過去にトラウマでもあるのか、鴨川さんが息巻く。唯一の男性であるぼくは、肩身が狭い。

「こらあ、お喋りはほどほどにしろよ」

課長がふたりの女性を連れて、部屋に入ってきた。みんなあわてて、パソコンに向かう。

「今日から、しばらくきてもらうことになった派遣の女の子たちだ」

まるで折れそうに細い身体をした背の高い女性と、ややふっくらとした色白の女性。体型だけ見ると、まったく正反対なふたりが並んでいるところは、少し漫画的だ。

「日比野真理香《まりか》くんと、大崎みどりくんだ。富永くん、いろいろ教えてやってくれないか」

驚いたことに、痩せている方が、日比野さんの妹だった。姉妹でこんなに体型に差があるものだろうか。

ぼくは端末のかげから、彼女の顔を覗き見た。顔立ちはたしかに、あの日比野さんによく似ていた。だが、体型がまったく違うせいで、言われなければわからないだろう。

彼女は、どこか落ち着きのない仕草で、富永先輩の話を聞いていた。

十二時のチャイムが鳴る。ずっとパソコンに向かいっぱなしだった植田さんたちは、椅子に座ったまま、大きくのびをした。

「梶本くん、昼御飯どうする?」

富永先輩が声をかけてくる。

「あ、ぼく、今日は弁当持ってきています」

「あら、そう。じゃ、わたし、大崎さんや日比野さんと一緒に外で食べてくるわ」

いつもは富永先輩もお弁当なのだが、今日は新しい派遣の子とコミュニケーションをとるために、あえて外食にしたようだ。いつもながら、気配りの人である。

富永先輩と派遣の子たちが出ていった後、ぼくは、弁当箱を持って、植田さんたちの輪に入った。

鴨川さんが、またさっきのお茶を入れている。

「鴨川さん、また、それ飲むんですか？」

「当たり前よ。食前に飲むのがいちばん効果あるんだから」

見れば二宮さんはリンゴの皮を剝《む》いているし、植田さんはカロリーメイトを齧《かじ》っている。みんな、ど根性だ。

「そういえば、日比野さんって子、びっくりしちゃったよねえ」

鴨川さんのことばに、みんなが頷く。

「営業事務の日比野さんの親戚《しんせき》かなにかかな？」

ぼくは口の中のものを飲み込んでから返事をした。

「あ、妹だって言ってましたよ」

「やっぱり？」

「よくわかりましたね」

「当たり前でしょ。あんなにそっくりなのに」

「女性の目は違うなあ。あんなに体型が違うと、言われないとわからないですよ」

みんなの視線が集まる。

「あ、そっか。大ちゃんは日比野さんが太ってからしか知らないのね」

「太ってから？」

「そ、彼女、前はあんなに太っていなかったのよ。ここ一年ほどで急に太りだしたの。前は、ふつうの体型だったのに」

それで、みんなはすぐに気づいたのか。

「でも、まあ、妹さんほど痩せているわけでもなかったよね。ちょうど、妹さんと今の日比野さんの中間くらい」

「そうなんですか」

見れば、二宮さんはリンゴを一個食べ終えて、別のリンゴをにらみつけている。

「どうしたんですか？」

「まだ、お腹はいっぱいじゃないから、もっと食べたいんだけど」

「食べればいいじゃないですか。リンゴならいくら食べてもいいんでしょ」

「リンゴ以外のものが食べたい」

鴨川さんがずっこけそうになる。

「意味ないじゃん」

「いい、もう、出前とるー」

「だー、一度目の食事で挫折だなんて、あまりにも軟弱だわ、軟弱すぎるわ、二宮ちゃん」

「だってえ」

植田さんが、鴨川さんのお弁当箱を覗き込む。

「そういう、鴨川ちゃんのお弁当はなんなの。いつもと変わらないじゃない」

「あ、わたしはこれ飲むからいいんです」

彼女は机の上に「レッツスリム」と書かれた錠剤の瓶《びん》を置いた。

「これ、飲むだけで、食事制限せずに痩せられるんですって」

「どっちが軟弱なんですか、鴨川さん」

二宮さんが口を尖らせる。

「だいたい、飲むだけで痩せられるというのが、効いたという話は聞いたことないわよ」

「もしかしたら、ということがあるかもしれないじゃないですか。それに、わたしって食事制限するとストレスがたまって、結局食べちゃうんだもん」

「まあ、いいわ。鴨川ちゃんがそれで痩せたら、わたしも飲んでみるから、どうぞ続けて」

やいのやいの言っているうちに、富永先輩たちが、戻ってきた。

鴨川さんが立ち上がって尋ねる。

「富永さん、お茶飲みます？」

「あ、ごめんなさい。いただくわ」

「日比野さんと大崎さんも、お茶飲む？　なんか、癖があるお茶だけど」

「癖がある？」

大崎さんが軽く小首を傾げた。

「そ、ギムネマとかいって、体の中の糖分をカットするというお茶」

「わ、いいですねえ。いただきます」

「日比野さんは？」

「あ、わたしもお願いします」

鴨川さんは客用の湯飲みを出してきて、二人の分のお茶を注いだ。

「早めに自分のコップ持ってきてね。お茶は当番制だけど、慣れるまではわたしたちがやるから」

「すみません」

日比野さんは一口飲むと、少し顔をしかめた。

「おいしくない？　ごめんね。ちょっと今、うちの部署ではダイエット週間なのよ」

「ダイエット週間？」

「そ、昨日の健康診断でみんな太っていたもんだから、全員そろって、ダイエットしているの」

大崎さんは、目を輝かせて膝を乗り出した。

「わ、いいですねえ。わたしも痩せなきゃ、と思っているんだけど、きっかけがなくって。一緒にやろうかな」

「ね、やろやろ。みんなでやれば、お菓子買ってきたり、飲みに誘い合ったりすることがないから、うまくいくんじゃないかなって言ってたの」

黙っていた日比野さんがふと、顔を上げた。

「そういうのって、不健康じゃないですか」

喋り続けていた植田さんが口をつぐんだ。

「だって、やたらに痩せたがるなんて、不健康ですよ。体重なんかどうでもいいじゃないですか」

日比野さんはそう言うと、立ち上がった。

「すみません。トイレ行ってきます」

彼女が立ち去った後、二宮さんが吐き捨てるように言った。

「なにあれ、感じ悪いー」

「ちょっと自分が細いからと思って、ねえ」

ぼくはがりがりと頭を掻《か》いた。女の子ばかりの部署は華やかで楽しいが、人間関係のトラブルが少ないわけではない。みんな悪い人ではないのだが、それでもちょっとしたいさかいなどがよく起こる。それなのに最初から反感を買うようなことを言うなんて、命知らずな人だ。

「たしかに、正論だけどなあ」

独り言のつもりだったのだが、富永先輩には聞こえていたらしい。

「責任なき正論は、まったく意味がないわよ」

「どういうことですか？」

「自分が関係ないところに、正論を吐いたって、だれも聞いてはくれないってこと。梶本くんだって、ものすごい二枚目に『男は顔じゃないよ』とか言われたらむっとするでしょう」

「たしかにそうですけど」

富永先輩は、憂鬱《ゆううつ》そうに額に手をやった。

「日比野さんは、ちょっと要注意人物かもしれないわね」


その後、一週間は富永先輩が心配したようなことは起こらなかった。日比野さんが、あまりみんなと接触しようとはしなかったせいもある。

昼食はひとりで外に出かけて、ぎりぎりまで帰ってこない。お茶を飲んでみんなが喋っているときも、輪の中に入ってこようとはしなかった。

あの明るい日比野さんの妹だとは思えないような性格だった。しかし、仕事に関しては有能で、タイピングの速さなどは、ベテランの植田さんに匹敵するほどだ。

大崎さんの方は日比野さんの分まで、みんなに馴染《なじ》んだようで、何ヶ月も前からこの会社にいるように振る舞っている。特に、ダイエットという共通の話題があることで、よけいに馴染みやすかったようだ。

リンゴダイエットに半日で挫折した二宮さんは、「おやつを食べない」というあまりに消極的、かつ、健康的なダイエットに切り替えた。鴨川さんは相変わらず、例の錠剤を飲み続けている。体重はまだ変化はないが、便秘は解消されたらしい。もともと意志の強いタイプの植田さんは、カロリー計算をして、一キロ痩せたとご機嫌である。

ぼくはというと、とりあえずキリコの言うとおり「エレベーターには乗らない」という決まり事を作った。最初の一日は、四階まで上るのも大変だったが、えらいもので一週間もすると五階くらいまでなら、息切れなしで上れるようになった。

「ねえねえ、これちょっと見て」

昼食時に鴨川さんが、鞄から茶色い缶を出してきた。

「低カロリーのココアなんだって。これだったら飲んでも大丈夫そうよ」

「やったー、わたし入れてきます」

大崎さんが立ち上がる。鴨川さんはそういうダイエット食品が妙に好きらしく、しけったようなビスケットや、こんにゃくのゼリーなどをよく買ってくる。

「鴨川さん、普段からコーヒーや紅茶はブラックじゃないですか。低カロリーだからってあえてココアを飲まなくても」

「あはは、そういえば、そうなのよね。でも、なんかこういうのって楽しいじゃない？」

たしかに女の子たちを見ていると、ダイエットと言ってもそう悲壮な感じではなく、むしろ遊び感覚のような気がする。

大崎さんがカップをお盆に並べて帰ってきた。

「そそ、大崎ちゃん、あれ、効いた？」

「まだなんですう。なんか結構大変な割に、体重減らなくて。やめちゃおうかなあ。でも、五箱も買っちゃったし」

大崎さんは、なにやら、食事代わりにシェイクのようなものを溶かして飲むというダイエットを、三日前からやっている。必要な栄養素は、全部そのシェイクにつまっているらしいのだが、やはり食べないというのは大変そうだ。

「まあ、まだはじめてすぐだから減らないのかもよ。続けていれば、どんどん減ってくるわよ」

「そうだといいんだけど」

他の部署の友達と食事に行っていた、植田さんが帰ってきた。リュックを机にどさっと置いた瞬間、叫ぶ。

「あぁー、ショック！」

「どうしたんですか」

「食べちゃった」

二宮さんが自分のお弁当箱を片づけながら話しかける。

「だから、言わないこっちゃない。ダイエット中にバイキングなんて、無謀ですよ」

「だって、イタリアンとかと違って、バイキングだとサラダとか低カロリーのものばかり、セレクトできると思ったんだもん。甘かったわ。あのおいしそうな料理の数々と食べ放題のデザートを無視できる精神力はわたしにはなかったわ」

「大丈夫ですよ、一食くらい」

「そうね。今日は帰りに一駅分歩くことにするわ」

植田さんは椅子ごと、みんなのそばに移動してきた。

「そそ、日比野さんもきてたのよ」

「妹の方？　お姉さんの方？」

「妹。ひとりだったわ」

「へえ」

「それがすごい量をたいらげてたわよ。びっくりしちゃった。あんなによく食べる人だとは思わなかった」

「それで、あの細さなんてうらやましいですねえ。食べても太らない体質なのかなあ」

植田さんは両手で頬を包んでため息をついた。

「お姉さんの方と、一緒に食事行ったこともあるけど、彼女、案外食が細かったわよ。姉妹でも体質って全然違うのね」

鴨川さんが、軽く植田さんの膝を叩いた。どうやら、日比野さんが帰ってきたらしい。彼女は、こちらにちょっとだけ目をやると、自分のパソコンの前に直行した。

昼食後、書類を抱えて廊下を歩いていると、女子トイレの前でキリコを見つけた。なんか、不機嫌そうな顔で掃除用具を片づけている。

「よう、こんな時間に珍しいじゃないか」

「トイレが汚れているって、呼び出されたの」

モヘアのキャミソールの肩ひもは、細いリボンで結ぶようになっている。軽くひっぱっただけでほどけそうで、少しどきり、とする。

グレーのカラージーンズの裾を直しながら、ぼくに尋ねる。

「オペレータールームに新しい女の子きた？」

「ん、ああ。派遣の子がふたりね」

長めの前髪をかき上げて、少し考え込む。

「あんまし、人のことに口を出すのは趣味じゃないけど」

「え？」

「用心した方がいいわよ。もしかしたらトラブルを起こすかも」

「なんだよ、どういう意味だよ。どんなトラブルを起こすって言うんだ？」

「それはわからないわ」

「なんだ、そりゃあ」

「わたしにわかっているのは、歪みがあるってことだけ。その歪みがどういう形で噴出するかはわかんない。もしかしたら、なにも起こらないかもしれないし」

彼女は台車にバケツやモップ類をのせると、貨物用のエレベーターに向かって歩き出した。

「キリコは、あのふたりのことは全く知らないんだろう？」

「知らない。でもね、掃除をやっていれば見えるものもあるのよ」

彼女は台車を押す手を止めた。

「だれも掃除をしている人なんて存在しないと思っているからね」


キリコの不吉な予言が当たったのは、それから三日後で、しかも、発見したのは当のキリコだった。

早朝の給湯室で、妹の方の日比野さんが頭を打って倒れていたという。

その日、少し遅めに出勤したぼくは、植田さんの話でそれを聞いた。

「いったい、なにが起こったんですか。転んで頭を打ったとか？」

「それがわからないのよ。とにかく脳震盪《のうしんとう》を起こして倒れていたらしいわ。まあ、そうひどい怪我《けが》じゃないから、本人の意識が戻ったら、詳しいことはわかると思うけど」

「でも、なんで日比野さんはそんなに早く出勤してたの？　お茶当番でもなかったんでしょ」

「お茶当番はわたしです」

大崎さんが軽く手を挙げる。

「だよねえ」

「ひどいじゃないですか！　富永さん」

廊下から金切り声が聞こえた。全員顔を見合わせる。声は、日比野さんのお姉さんのものだった。

「富永さんの下だから安心してまかせたのに、こんなことになるなんて」

困惑したような富永先輩の声が聞こえる。

「たしかにわたしの下で起こったことだから、管理が行き届かなかったのは認めるわ。でも、どうしてこんなことになったのか、わからないから。もう少し、妹さんの話を聞いてから……」

「あの子は、ものすごくデリケートな子なんです。だから、わたしがそばについていられる環境で、と思ったのに」

「それは本当に申し訳ないと、思っているけど……」

口論はしばらく続いた。

疲れ切ったような表情の富永先輩が戻ってくる。

「まったく、もう」

「どうかしたんですか」

「どうやら、彼女、なにものかに襲われたらしいのよ。身体に少し争ったような跡が残っていたらしいわ」

「意識は戻ったんですか？」

「ええ、戻ったの。でも、彼女は転んで頭を打ったんだ、と言い張っているの」

「それでお姉さんが怒っているんですか？」

「そうなのよ。頭が痛いわ」

富永先輩は凝り固まった肩をほぐすように、首を回した。

「でも、いったいだれが日比野さんを……」

「怖いよねえ。社内でそんなことが起こるかと思うと」

女性たちの会話を聞きながら、ぼくは考えていた。

キリコはなにかに気づいていた。彼女の言う歪みが、今回の事件につながったのか。

ぼくは、目の前の受話器を取った。ゆっくりキリコの携帯の番号をプッシュする。

五階の非常階段裏に行くと、キリコはすでに待っていた。手持ちぶさたそうに、手すりを雑巾《ぞうきん》で拭いている。

ぼくは少し上の段に立って、彼女を見下ろした。

「説明してもらおうか」

「なにを」

「彼女がだれに、なぜ、襲われたのか」

「知るもんですか」

彼女は面倒くさそうに答えて、階段に腰を下ろした。フェイクレザーのミニスカートから日焼けした膝小僧がのぞいている。

「だって、この前、なにか知っているようなことを言っていたじゃないか」

「それとこれとが、どう関係あるのかなんか、わかんないもん。ましてや、だれが彼女を襲ったかなんかわかんないわよ」

子供用サイズのウォレスとグルミットのTシャツの裾を引っ張りながらぼくを見上げる。

当てがはずれた。キリコに聞けばなにかわかると思っていたのだが。

ぼくは脱力して、彼女の横に腰を下ろした。

「いったい、キリコの言う歪みって、なんなんだ？」

「彼女の手、見た？」

「手？」

いきなりの質問。ぼくは首をひねった。なんとかして、思いだそうとする。叩きつけるようにタイピングする独特の仕草から、連想していく。

たしか、固い骨張った指だった。指先の太い、女らしさのない手。マニキュアも指輪もない。

「手がどうかしたのか」

キリコは答えない。組んだ手の上に顎をのせてぼんやりしている。

しょうがないので、ひとりで喋る。

「お姉さんは、彼女はとてもデリケートな子だって言っていたよ」

「お姉さん？」

キリコは顔をあげて、宙を凝視した。

「そう、営業事務の日比野さんっているだろ。あの、よく太った女の人。彼女の妹だ」

ぼくは、日比野さんがきてからのいろんな出来事を話した。

キリコは、黙って話を聞いていたが、ことばがとぎれた瞬間に、ぽつんとつぶやいた。

「どうして、人間って、こんなにもろいんだろう」

日比野さんは太った身体を揺するようにして、階段を下りてきた。

「どうしたの、梶本くん。こんなところに呼び出して」

狭い非常階段では、彼女の体格は圧迫感がある。

「妹さんを襲った犯人を見つけることができないか、と思いまして」

「本当！」

キリコがすっと立ち上がって彼女の正面に立つ。

「でも、妹さんは犯人を見つけてほしくないんじゃないですか？」

「どうして？」

「犯人がだれかわかれば、彼女の病気のことも明らかになるからです」

日比野さんが唾《つば》を飲み込む音がした。

「あの子の病気のことを知っているの？」

キリコはモップを持ち上げてみせる。

「掃除していればわかります」

「そうね。そうかもしれないわね」

「妹さんは、摂食障害ですね」

摂食障害。俗に言う、拒食症と過食症。しかしこのふたつの症状は、異なった病状ではなく、ひとつの病気の裏と表だ。

「トイレに嘔吐《おうと》の跡を見つけたとき、最初は気分が悪い人がいたんだな、と思いました。でも、それは毎日続いた。しかも、午前中にはない。いつも決まって昼食後だった。だから、気がついたんです。食べたあと吐いている人がいるんだって」

植田さんが見かけた日比野さんは、バイキングの料理を大量にひとりでたいらげていた。異常な過食と、そのあとの嘔吐は摂食障害の行動パターンだ。

しかも、彼女の手には、吐くために手を口の中につっこむことで、吐きだこができていた。

日比野さんは顔を背けた。

「いつ頃から、妹さんは摂食障害になっていたんですか?」

「きっかけはずいぶん前、高校生のときだったわ。もともと、少しぽっちゃりしていて、それを好きな男の子にからかわれたのが原因で、ダイエットをはじめたの。最初のうちはそれほど病的でもなかったんだけど、ある時点から体重が落ちなくなったらしくて、どんどん、食べる量が減ってきて」

そうして、まったく食べられない拒食の日々が続いたかと思うと、突如一転して、異常な量を食べはじめる。一度、壊れてしまった食欲の調整機能は、なかなか元には戻らない。

「でも、ここ一年くらいで、やっと治ってきたのよ。それなのに、働きに出たとたんにすぐ元へ戻ってしまうなんて」

「本当にはは治ってなかったんですよ」

キリコはぴしゃりと言い放った。

「太ったのは、お姉さんの意志ですか」

「それって、どういうこと？」

「妹さんを治すために、わざと太られたんですか？」

日比野さんはぽかん、と口を開けて、キリコを見つめていた。

「どうやら違うみたいですね」

「いったい……」

「摂食障害というのは、単に満腹中枢が壊れてしまうという問題じゃない。異常に肥大した食欲と、太ることへの過剰な恐怖心が暴走するんです。だから、食べたあと吐くなんてことをするんです。そのまったく相反する精神のバランスを保つ方法がもうひとつあります。周りの人が、たくさん食べたり、カロリーをたくさんとってくれると、少しだけ、太ることへの恐怖心が軽くなって食べられるようになる」

日比野さんが青ざめていくのがわかった。

「姉妹で暮らしていて、お姉さんだけが働いている。とすると、家事は妹さんがやっていたんでしょう。食事を作っているのも妹さんですね」

彼女はこくん、と頷いた。

「食事を管理していれば、太らせることなんか簡単ですよね。脂肪の多い食材を使って、バターや油をたっぷり使って調理すればあっという間に高カロリーの食事が作れる」

「たしかに、あるときから、妹の作る料理は、こってりしたものになってきていたわ。でも、おいしいって食べると、あの子がすごく喜ぶから、わたし……」

「妹さんは、そうやってお姉さんを太らせることで、摂食障害を克服したんです。でもそれは、本当に治ったんじゃない。自分の欲求をごまかしているだけなんです」

だから、派遣でこの会社にきただけで簡単に再発したのだ。いや、運も悪かったのだろう。たまたま、うちの部署では女の子たちがそろいもそろってダイエットをはじめていたところだったのだ。

「お姉さんを太らせることで、なんとか精神のバランスを保っていたのに、会社に出れば、みんなが痩せたがっている。摂食障害の精神パターンは『ひとよりも痩せていること』というのがアイデンティティになっているそうです。だのに、周りがみんなダイエットをしているような状況では、精神のバランスを保つことができない。あっという間に過食が再発してしまったんです」

日比野さんは両手で顔を覆った。

「妹さん、怖かったんだと思います」

彼女は何度も頷いた。

日比野さんの妹を突き飛ばしたのは、大崎さんらしかった。精神のバランスを崩した日比野さんは早朝に出勤し、給湯室に置かれていた大崎さんのダイエット飲料に細工をした。

「ざまあみろ、と思いながら、砂糖を何杯も入れたわ」

彼女はお姉さんにそう言ったそうだ。

そこへお茶当番だった大崎さんがやってきて、彼女の行為を見とがめ、口論になったらしい。大崎さんもきついダイエットのせいかいらいらしていたのだろう。強く突き飛ばされて、意識がなくなった、と日比野さんは話したそうだ。

だが、このことはオペレーターの女の子たちは知らない。日比野さんも自分がしていたことを知られるのは絶対いやだと言った。つまりは、彼女はやはり転んで頭を打ったのだ、ということで片づけることになった。

彼女は仕事を辞めた。ぼくは、不安になる。一度壊れてしまった彼女の心が、元に戻る日はくるんだろうか。

オペレーターたちが帰ってしまったあと、集計をしていた富永先輩に、すべてを話した。

「いやな話でしたよね」

彼女はタイピングする手を止めた。

「もしかしたら、わたしだって彼女と同じになっていたかもしれないわ」

富永先輩はなにか決心するように、深く息を吐いた。

「十代の頃かな。別に標準体重なのに、もっともっと痩せたいと思っていた。痩せたら、もっと綺麗になれて、そうしたらもっといろんなことがうまくいくかもって思ってた。変よね。別に綺麗じゃないことと、人間関係がうまくいかないことなん

ったなんて。

先輩は十分に綺麗だと思う。その先輩でさえ、そんな思いにとらわれたことがあったなんて。

「それで、ダイエットをやったけど、まあ、ほかにも興味のあることとか、楽しいこととかに気を取られて、いつも適当に終わって、そのうちに、なんかどうでもよくなってしまったんだけど、もしかしたらわたしだって、ひとつ間違ったらああなってしまっていたかもしれないわ」

彼女はすっと立ち上がった。

「でも、今でも少し思うの。もっと痩せたら、もう少し、いろんなことがうまくいくんじゃないかって」

彼女はパソコンの電源を切ると、ぼくに向かって笑いかけた。

「男の子にはヘビーな話をしちゃったわね。まあ、気にしちゃだめよ」

ぼくは頷くと、タイムカードを押してオペレータールームを出た。先輩の言ったことについて考えながら、ぼんやりとエレベーターを待つ。

とたんに、後ろ頭を軽く殴られた。

「いってぇー」

振り返るとキリコが、ダストモップを握りしめて立っている。

「こらあ、エレベーターは使わないんじゃないの」

「大きなお世話だ。ほっといてくれ」

そう言いつつ、非常階段の扉を開けた。彼女もついてくる。

薄暗い非常階段を下りながら、ぼくはキリコに富永先輩の話をした。このままでは、胸のあたりにもやもやが蓄積してしまいそうだ。

「キリコにもそんな気持ちわかるのか？」

「当たり前でしょ。わからない女の子なんていないわよ」

「そうなのかなあ。男からすると、女の子はそんなに特別綺麗でなくても、多少ぽっちゃりしていても、元気でそこにいてくれるだけで、いいような気がするんだけどなあ」

「お。大介、えらい！　それでこそ男よ」

なんか、バカにされているような気がする。

「思うんだけどさあ」

「え？」

「女性って綺麗だと、得をするんだよね。それは本当なの。でも、綺麗だからって得るメリットって、要するに甘いお菓子なんじゃないかなって」

「どういうことだよ」

「甘いお菓子をたくさん与えられる人がいたとしても、お菓子ばかりを食べているわけにはいかないの。自分でお菓子はセーブして、他の人と同じようにきちんと、食事をしなきゃならないの。反対に、お菓子をもらえない人がいたとしても、きちんと食事をしていれば、お菓子なんか食べなくても全然平気ってこと」

ふわふわのファーがついたワンピースの裾を揺らしながら、彼女はリズミカルに階段を駆け下りていく。

「でも、やっぱりお菓子は食べたいもんだろう」

「もちろんよ。でもちょっとでいいの。ちょっとくらいのお菓子はだれだって手に入れられるのよ」

彼女は二階の非常階段のドアを開けて、ぼくに軽く手を振った。これから掃除を続けるのだろう。

「そういうものなのか」

「そ、だから、おしゃれやダイエットをするんじゃない」

CLEAN.5

ロッカールームのひよこ

キリコがいなくなった。

最初の二日くらいは、「風邪でも引いたのだろうか」と考えていた。けれどももう一週間だ。代わりにきた掃除のおばさんたちは、いまいち手際が悪く、廊下の隅には綿埃《わたぼこり》が舞うようになったし、トイレの鏡もいつも曇っている。

キリコが掃除をしていたときと、全然違う。備え付けの灰皿も、彼女はいつもぴかぴかに磨き上げていた。おばさんたちは、中の吸い殻を捨てるだけだ。灰皿のまわりは灰で汚れたままになっている。

キリコがいなくなって、会社は灰色になった。いや、比喩ではなく本当に。

今朝もエレベーターに乗ろうとすると、階数ボタンのまわりが指紋だらけなことに気がついて、ため息が出る。正直な話、そこはぴかぴかで当たり前だと思っていた。汚れるなんて考えもしなかった。

キリコが磨いていたのだ。あの小柄な身体で、バケツや雑巾やモップを抱えて、地下から七階まで走り回りながら。

ぼくの仕事場であるオペレータールームに入ると、富永先輩がちょうどぼやいているところだった。

「もう！　なんで机の下まで掃除機かけてくれないのよ！」

まさに「きーっ！」と叫んで髪をかきむしらんばかりの勢いである。普段冷静な人だけにびっくりする。汚いということは、かくも人をいらいらさせるものなのだろうか。

たぶん、新しいおばさんは机のまわりだけささっと掃除機をかけるだけで、椅子を引いてまで掃除しないのだろう。ぼくの机の下にも、紙屑《かみくず》や埃が溜《た》まっていた。大きなものは手で拾えばいいけど、小さいものはどうしようもない。

お茶当番らしき二宮さんが、ポットを抱えて入ってきた。

「給湯室もすごいですよ。三角コーナーのゴミもきちんと捨てていないし、シンクも水垢《みずあか》だらけだもの。やになっちゃう」

ふたりそろって、はあ、とため息をつく。

ぼくもそれほどきれい好きではないほうだが、今までのきれいなオフィスに慣れていた分、気になってしまう。

「ちょっと、梶本くん。いったい、キリコちゃん、どうしちゃったのよ」

いきなり矛先がこちらに向いた。

「なんでぼくに聞くんですか、知りませんよ」

「だって、大ちゃん、キリコちゃんと仲良かったじゃない」

「いや、たしかにたまに喋ったりはしていたけど、別にプライベートでは……」

「電話番号とか聞いていないの？」

「携帯の番号は知っていますけど、鳴らしても反応がないんですよ」

「なんだ、結局連絡しているんじゃない」

二宮さんがくすくすと笑う。

「だって、気になるでしょう。病気かもしれないし」

「そうよね。それがいちばん心配なのよね。入院なんかしていないといいけど」

不吉なことを言う富永先輩の前に、二宮さんがお茶を置く。

「たしかに病気も心配だけど、わたしキリコちゃんが辞めちゃったというほうがショックですよ。だって、この先ずっとこういう状況が続くんですよ」

「たしかにねえ」

おはようございます、と声を張り上げて、鴨川さんと植田さんが入ってくる。女性は勘が鋭い。すぐ、「キリコちゃんの話？」なんて言いながら、話に加わってくる。

「でもさ、だいたい、キリコちゃんみたいに若くて可愛い女の子が、オフィス清掃なんてやっている方がおかしかったんじゃない。だって、普通はおばさんじゃない。たぶん、ほかにいい職場見つけたんじゃないかなあ」

鴨川さんは乱暴なことを言い出した。まさかそんなことはないだろうと思うのだが。

「だって、彼女なんにも言っていませんでしたよ」

鴨川さんの目がきらりと光る。

「大ちゃん、甘い。甘いわ。自分が彼女にとって、なんでも教えてもらえる大事な存在だなんて思っていちゃ駄目よ」

ぼくは憮然として言った。

「別にそんなこと思っていませんよ」

「でも、転職するのなら、自分にひとことあってもいいはずだ、と思っているでしょ」

たしかにそれくらいは親しかったのではないか、と思っている。

「甘いわ。あれくらいの女の子ってすごくドライなんだからね。大ちゃんレベルの男の子なんて、街歩けばいくらでも声をかけてくるんだから」

鴨川さんの台詞に思いっきり傷つく。

「なんだ、じゃあ大ちゃん、振られちゃったの？」

植田さんが、椅子をぎこぎこ鳴らしながら言う。

「ふ、振られたって、どういうことですか」

思わず立ち上がると、芝居じみた仕草で指を振ってみせる。

「だって、そうじゃない。なんにも言わずにいなくなっちゃって、しかも携帯鳴らしても返事ないだなんてさ」

「ぼくとキリコはただの友達ですよ。そんなんじゃないです」

「ふうん」

明らかに信用していない様子でぼくを見上げる。

「まあ、植田さん。振られちゃった男に、そんなことを言うのは酷《こく》よ」

「そうそう、そっとしておいてあげましょうよ」

二宮さんと鴨川さんまで、そんなことを言いながら席につく。始業ベルが鳴った。

「なんで、そうなるんですか！」

ぶつくさ言いながら、ぼくも椅子に座る。からかわれているのはいつものことで、後輩の宿命だとは思うが、やはり気分はよくない。

実際、キリコが転職してしまったのなら、ショックである。たしかに、会社員とそこの清掃作業員というだけの関係ではあるけれども、それなりに親しいつもりだった。別れの挨拶くらいはしてくれてもいいだろう。

ぼくは、昼休みに、彼女の携帯にまた電話した。

流れてきたのは、「この番号は現在使われておりません」というメッセージだった。

次の日の朝、出社すると、女性陣四人が顔をつきあわせてなにか相談している。挨拶だけして席につこうとすると、植田さんに呼び止められた。

「ちょっとちょっと大ちゃん、聞いてよ」

「なんですか？」

「ロッカールームに泥棒が入ったみたいなのよ」

「ええっ。この階のですか？」

「そうなのよ」

うちの会社は、一般職や植田さんたちのようなオペレーターの女性にのみ制服がある。そういう女性社員のために、各階に小さなロッカールームがあるのだ。

オペレータールームのある四階にも、営業事務と共同使用している小さなロッカールームがある。

「まあ、大体みんなロッカーに鍵をかけているから、盗まれたのは、村田《むらた》さんが捨てようと思ってロッカーの上に置いてあったサンダルくらいなんだけどさ」

「あと、三上《みかみ》さんの置きストッキング。あの子、大したもの置いていないからって、鍵かけていなかったんだよ」

村田さんも三上さんも営業事務の女性である。まあ、その程度の被害なら大したことはない。

富永先輩は腕を組んで考え込んでいる。

「でも、問題は今回の被害よりも、ロッカールームに泥棒が入れる状況にある、ということなのよねえ」

「と言いますと?」

富永先輩は総合職だから、ロッカーは利用していないはずだ。だが、やはり社内に泥棒がいるということでは、黙っていられないのだろう。

「前もロッカールームに泥棒が入ったことがあったから、使っていないときは、ロッカールームの入り口にも鍵をかけることになっているの。だから、わたしたち、自分のロッカーの鍵とロッカールームの鍵と両方持ち歩いているのよ」

二宮さんはうさぎのキーホルダーにつけた鍵をじゃらんと、鳴らしてみせた。

「つまり、ロッカールームに入れる人は決まっているってことですね」

「そう。ロッカールームの鍵を持っているのはわたしたち、四階のロッカーを利用している人間だけ。金目のものが盗まれたんだったら、わたしたちの中に犯人がいる、と疑われてもしょうがないけど、盗まれたものが変なのよ」

たぶん、ピッキングかなにかで入り込んだはいいが、ほとんどのロッカーには鍵がかかっていて収穫はなかったので、手ぶらで帰るよりはとサンダルとストッキングを盗んでいったのだろう。

ぼくがそう言うと、富永先輩は頷いた。

「もしくは、これくらい持って帰ってもばれない、という気楽な気持ちから、かもしれないわね」

「それにしたって、ロッカーを使っている人間は違うわよ。サンダルは村田さんが捨てようとしているの知っているから、欲しければ言ってもらえばいいわけだし、ストッキングの貸し借りなんか日常茶飯事だもん。なにも黙って取っていく必要なんかないわよ」

要するに、泥棒自体ではなく、外部の人間がロッカールームに入り込んだ、ということが問題になっているようだ。

「そうだ！」

植田さんが膝を叩いた。

「大ちゃん、キリコちゃんからまだ連絡ないの？」

急に話が変わった。

「へ、ないですけど。それがどうかしたんですか？」

言ってから気がつく。そう言えばキリコはロッカールームの掃除もしていたはずだ。彼女も鍵を持っているのだろうか。しかし、彼女がまさか泥棒なんて。

「ちがうってば」

疑問を口に出すと、植田さんが口を尖らせる。富永先輩が説明してくれる。

「キリコちゃんは掃除のたびにマスターキーを警備室から借りて、済んだら返していたわけだから、彼女を疑っているわけじゃないのよ」

「じゃあ、どうして？」

「んもう、鈍いわねえ」

鴨川さんに言われる。どうせそうだろう。

「キリコちゃんがいなくなって、すぐ、こんなことが起こるんだもん。犯人は新しい掃除のおばさんに間違いないわよ」

なるほど、証拠はないが、たしかにその可能性は高そうな気がする。

「キリコちゃん、いったいどうしたんだろう。戻ってきてくれればいいんだけど」

二宮さんがぽつり、と言う。みんな彼女のことを心配していた。

いったい、なにをやっているのだ、あいつは。

「とりあえず、このことは庶務に言っておくわ。鍵の管理や新しい清掃の人への注意も必要だしね」

富永先輩がまとめるように言った。ちょうど始業のベルが鳴ったので、みんな席につく。今日は、営業から大量の仕事が入ってくる予定になっていた。電話をするとできている、ということなので、取りに行くことにする。

営業で、段ボール箱に入れられた書類の山をもらって、オペレータールームに戻る。エレベーターを下りたとき、ふと、向かいのコピー室での風景が目に入った。

営業事務の徳田《とくだ》課長がいた。課長がなぜコピー室に、と思った瞬間、謎《なぞ》が解ける。

半年前中途採用で入ってきた事務の須飼《すがい》さんがコピーを取っているのだ。徳田課長は彼女の後ろに立って、ぴったりと身体を密着させていた。

その手はゆっくりと彼女の腰を撫でていた。

胸がむかついた。セクハラか、オフィスラブかどちらかは知らないが、朝っぱらからなにをやっているのだ。

目をそらして通り過ぎようとしたとき、顔を上げた須飼さんと目があった。彼女は、はっと顔を赤らめると、唇を噛《か》んで目を伏せた。

オペレータールームに持って帰った書類を、全員で仕分けする。

ぼくは、ベテランオペレーターで社内のことにくわしい植田さんに聞いた。

「徳田課長って結婚しているんですか？」

徳田課長、と言った瞬間、女性たちは微妙な顔をして顔を見合わせた。

「なに、あのセクハラおやじ？」

有名だったのか、と驚く。どうしても男はそのあたりには鈍感だ。

「たしか、独身だったはずよ。実家が金持ちとかで大きな家に住んでいるらしいけどね。なんか、犬とか猫とかいっぱい飼っているんだってさ」

鴨川さんが顔をしかめた。

「いくら金持ちでも絶対いやよね、あんなおやじ」

「あったりまえでしょ。すぐに髪とかお尻とか触ってくるのよ。気持ち悪いったら」

「そんな奴、部長とかに言いつけてやればいいじゃないですか」

二宮さんが呆れたように言う。

「だめだめ。うちの会社は旧体制なんだから。セクハラも仕事の潤滑油くらいにしか考えていないわよ」

「でも、もっぱら最近のターゲットは須飼さんらしいわね」

さっき、その光景を目にした者としては、少しどきりとする。

「そそ、あいつ、ああいう子大好きなのよ。大人しくて文句言わないからさ」

たしかに須飼さんは、華奢で眼鏡をかけた大人しげな感じの女性だった。あんな子ならば、「いやだ」とも言えないだろう。

胸の中の嫌な気分が増殖する。同じ男として恥ずかしいと思った。

数日後のことだった。運の悪いことにアパートの鍵を会社に忘れてしまった。十時を過ぎているのに、会社に戻らなければならない羽目になる。

通用口から警備室の前を通って会社に入る。さすがにこの時間まで残業している人間はほとんどいないらしく、中は真っ暗だった。

エレベーターで四階に上がると、なぜか電気がついている。一瞬驚いたが、すぐに理由がわかる。営業事務の方から掃除機の音がしていた。

キリコはもう戻ってこないのだろうか。

自分の机から鍵をとって帰ろうとしたそのときだった。

足下で猫の鳴き声がした。見ると、真っ黒な猫が尻尾をぴん、と立ててぼくを見上げていた。

細身のしなやかな身体と金色の目にはたしかに見覚えがある。もしかすると。

「兄《にい》やん！　兄やんってば！」

聞き覚えのあるハスキーな声。振り返るとそこには。

「キリコ！」

彼女は業務用の掃除機にまたがるようにしてそこに立っていた。白いニットのノースリーブ、ローズピンクのショートパンツから形のいい脚を覗かせて。黒猫は走っていって彼女の肩に飛び乗った。

「あら、大介、ひさしぶり」

「だから、兄やんが病気になっちゃったのよ」

キリコは膝の上の猫を撫でながら言った。兄やんとは、この黒猫の名前だ。以前も一度会社に連れてきたことがあったので、ぼくも知っていた。

「吐いて、下痢して大変だったの。もう死んじゃうかと思ったんだから」

「それで休んでいたのか」

「そう、以前働いていた清掃センターに頼んで、代わりにきてもらっていたの」

「そうだったのか」

辞めたのではなかった、とわかると急にほっとする。

「おれ、電話しなかった？」

「あ、ごめーん」

彼女はポケットから携帯電話を引っぱり出した。

「ちょうどこないだ携帯の会社を代えたのよ。大介にも教えなきゃ、と思っていたんだけど」

「なんだ、そうだったのか」

聞いてみれば大したことじゃない。

兄やんは一声小さく鳴くと、キリコの膝から飛び降りた。興味深そうにオフィスの中を歩く。

「で、今日はなんで兄やんを連れているんだよ」

「だって、病気になったせいで甘えん坊になっちゃったのよ。出ていこうとすると、もう怖がって鳴いて鳴いて大変なの。たぶん、あんなにつらかったのはじめてだったと思うのよ。もともと、クールな性格だから、すぐに元に戻ると思うんだけど」

「もういいのか？」

「うん、獣医さんはもう大丈夫って言ってくれた」

それはよかった。

「だけど、心配してたんだぞ。オフィスはこの状況だし」

キリコはあたりを見回して苦笑いする。

「たしかにねえ。なんていうか、大きくしてきたお店を、二代目のぼんぼんにつぶされたような気分だわ」

言ってから、少し首を傾げる。

「ちょっと違うかも」

「それはだいぶ違うだろう」

本当になにもなくてよかった。ぼくは改めて胸を撫で下ろす。

「今日はまだ仕事するのか」

「うん、まだまだ終わらないわよ。この調子じゃ朝までかかりそう」

それは大変だ。しかし、ぼくも明日は仕事があるからつきあうわけにはいかない。

帰ろうと立ち上がったときだった。

兄やんの変なうなり声が聞こえた。

「兄やん？　どうしたの？」

入り口から兄やんが顔を出す。なんか興奮しているようだ。

キリコががたん、と立ち上がった。兄やんのところに走り寄る。兄やんは、キリコの腕をすり抜けて、部屋の隅に逃げる。

「大介！　兄やんつかまえて！」

ぼくも見た。兄やんは口の端に黄色いものをくわえていた。

間違いない。それは本物のひよこだった。

ひよこを取られる、と気づいたのか、部屋中を逃げ回る兄やんをやっとのことでつかまえる。無理矢理に口をこじ開けてひよこを奪い取った。

キリコは両手でひよこをあたためるようにしていた。ひよこは小刻みに震えながら身体を縮めている。

やはり兄やんの歯で傷つけられたせいか、ひどく弱っている。

キリコは困ったような声で言った。

「どうしよう。こんな時間だと獣医さんも開いていないだろうし」

開いていてもひよこなんか見てくれるのだろうか。

彼女は深くため息をついた。

「兄やんが悪くないのはわかるのよ。猫なんだからしょうがないんだもの。でも、なんかこういうのってやっぱりちょっとつらいかも」

テーブルの上にひよこを放すと、小さくうずくまる。

また兄やんの低いうなり声が聞こえた。まだひよこのせいで興奮しているのか、と振り向いたぼくは、目を疑った。

兄やんはまたひよこをくわえていた。ぼくとキリコは顔を見合わせた。

「ちょっと、なんでそんなにひよこがいるのよ！」

走り寄って、また兄やんを抱き上げる。今度はそっとつかまえたのか、ひよこは傷ついてはいなかった。

兄やんの口から解放したひよこをテーブルに放すと、さっきのひよこのそばに近づいていく。二羽寄り添いあって小刻みに震えている。

どうやらあとのひよこも弱っているようだった。

「いったいこのひよこ、どうしたのかしら」

一羽目を取り上げられた兄やんが、二羽目をつかまえてくるまで、それほど時間は経ってない。このあたりになぜひよこがうろうろしているのだろうか。

キリコは兄やんをキャリーの中に閉じこめた。ひよこがどこにいたのか探すつもりらしい。

営業事務課の中をうろうろするが見つからない。

「まさか、ほかの階ってことはないだろうなあ」

「でも、ここにいないとしたらそうかも」

「それともあの二羽だけだったのか？」

「そうかもしれないわね」

ふと、キリコが止まった。しっ、と指を口に当てる。

「聞こえない？」

言われて耳を澄ます。たしかにぴよぴよと小さな鳴き声が聞こえてきた。

キリコはポケットから鍵束を出した。どうやら警備室から借りたマスターキーらしい。

廊下に出る。その鳴き声はたしかにロッカールームから聞こえてきた。

キリコが鍵を開ける。そっと中を覗く。

たしかにひよこはいた。ロッカールームの冷たいリノリウムの床で、二羽が身体を寄せ合ってか細く鳴いている。

キリコは駆け寄ってひよこを両手ですくい上げた。どうやらこのひよこたちも弱っているようだった。

ぼくたちはオペレータールームに行った。四羽のひよこをどうしていいのかわからない。

段ボール箱にタオルを敷き、そこにひよこを移す。とりあえずあたたかくしなければ、ということで、パソコンの電源を入れてそのすぐそばに段ボールを置いた。

たしか大昔、電球を布に包んで入れればいい、と聞いた記憶があるが、そんなものは会社にはない。

もうすでに終電を逃してしまっていたので、ぼくはひよこを見ながら会社に泊まることにした。

キリコは掃除に戻っていったが、一時間おきにオペレータールームにやってきて、ひよこの様子を見た。

けれども、介抱の甲斐《かい》なく、ひよこは一羽、一羽冷たくなっていった。

朝がくる前に、最後の一羽も動かなくなった。


あまり寝ていないせいか、頭ががんがんする。ぼくは深々とため息をついた。

いったいあのひよこたちはなんだったのだろう。

なぜ、ロッカールームにひよこがいるのか、まったく見当もつかない。

そろそろみんなが出社する時刻なので、顔を洗って活を入れ直そうとトイレに行く。

キリコは洗面台を掃除していた。洗剤を含ませたペーパータオルを洗面台中にぺたぺた張り付けている。

「なにしているんだよ」

「汚れがひどいからパックしているの」

なるほど、たしかにパックだ。これでは顔を洗うのは後にしなくてはならないようだ。

キリコは鏡を拭きながらぼくに尋ねた。

「わたしがいない間、なにか変わったことなかった？」

「変わったこと？　ああ、ロッカールームに泥棒が入ったことはあったらしいけど」

「泥棒？」

ぼくは女性たちから聞いた話を彼女に伝えた。

「おばさんたちじゃないと思うわよ。あの人たち、手際は悪いけど一応プロだし。そんなことしたら、清掃センター、クビになっちゃうじゃない」

「じゃあ、だれなんだよ」

「わかるもんですか」

洗面所はまだ使えそうにないので、ぼくはトイレの個室に入ることにした。徳田課長がちょうどトイレの中に入ってくる。

個室に入って鍵を閉める。徳田課長はキリコに話しかけているようだった。

「あれ、しばらくぶりだね」

「ええ、ちょっとお休みいただいていたんです」

ふうん、と課長が鼻を鳴らす音が聞こえた。

「そういえば、キリコちゃん、昨日出勤するところを見たんだけど、もしかして猫連れていなかったかなあ」

「あ、見つかっちゃいました？」

「困るなあ。会社に猫なんか連れてきちゃ」

「すみません。ちょっと病気したんで気になっちゃって。もう連れてきません」

「まあ、ぼくだったから黙っておいてあげるけどねえ。庶務にばれたら、仕事続けられなくなっちゃうよ」

いやな言い方だ。不愉快さがこみあげる。まるで弱みにつけ込んで脅すみたいだ。

「すみません」

彼女は殊勝にも謝った。

「で、キリコちゃん、猫好きなの？」

打って変わって口調が急に馴《な》れ馴れしくなる。

「ええ、好きです」

「よかったら、今度うちに遊びに来ないか。うち、動物園みたいだよ。猫も犬もいるし、サルやヘビまで飼っているんだ」

なんてことを言い出すのだ。ぼくは腸《はらわた》が煮えくり返るのを感じた。

「ええ、でも……」

口ごもるキリコに、課長は言った。

「猫のこと黙っておいてあげるからさ」

なんて男だ。ぼくはこぶしを握りしめた。勢いよく水を流して、ばたん、とドアを開ける。課長はちらっとぼくを見ただけだった。こんなところを見られて、恥ずかしいとは思わないらしい。

キリコはなんだか悪戯っぽい表情でぼくを見た。そして、とんでもないことを言い出した。

「じゃ、明日遊びに行っていいですか？」

「もちろんだよ。明日は土曜日だし、ずっと家にいるよ」

彼はにやけながら、手帳を出してなにか書くと、ちぎってキリコに渡した。

「これ、ぼくの住所と電話番号。駅まできたら電話してくれれば迎えに行くからさ」

彼が行ってしまうと、ぼくはもらった紙切れを見つめているキリコにつめ寄った。

「どういうつもりだよ。あいつセクハラで有名なんだぞ」

「知っているわよ。わたしも何度もいやらしいこと言われたもの。ほかの女の子のお尻撫でているところも目撃したし」

「じゃあ、なんで」

彼女はそれには答えず、紙切れをショートパンツの後ろポケットに入れた。

「ね、大介も一緒に行こうか」

「なんでぼくが」

「だって、わたしのことが心配なんでしょ」

ぐっとことばにつまる。あんな男の家に行くのはまっぴらだが、たしかにキリコをひとりで行かせるわけにはいかなかった。

「わかったよ。つきあうよ」

明日の待ち合わせ時間と場所を決めて、ぼくはトイレを出た。

ちょうど、書類の山を抱えて歩いている鴨川さんに会ったので、半分手伝うことにする。

「どうしたの。大ちゃん、なんか不機嫌そうな顔をして」

「むかついているんですよ」

「なにに？」

ぼくは八つ当たりだと気づきながら、彼女に尋ねた。

「どうして、だれも須飼さんのことを助けてあげないんですか？　あんな大人しい子がセクハラのターゲットになっているのに」

鴨川さんは目をぱちくりさせた。いきなり、そんな話をされて驚いたらしい。

「だって、わたしたちになにができるって言うのよ」

「みんなで抗議するとか。上の方の人にだって、全員できちんと言えば伝わるんじゃないですか？」

「たしかにそれはそうだけどねえ」

オペレータールームに入り、書類をテーブルの上に置く。

「だって、わかんないじゃない？」

「なにがですか？」

「須飼さんが嫌がっているかどうか」

ぼくは唖然として、鴨川さんを見た。

「嫌がっているに決まっているじゃないですか」

「たしかに彼女、口では嫌だって言っているけどね」

書類を数えながら彼女は話を続けた。

「こういうのって、本当に微妙なことだからね。言い寄られて嫌だとか、だいっきらいとか言っていた女の子が、その男と結婚したりもよくあるのよ。あんまし、ほかの人間が口出しできることでもないわよ」

「でも……」

「それに、わたし、須飼さんもまんざら嫌じゃないんだと思っている」

「どうしてですか！」

ぼくが女だったら、あんな薄汚い男に触られるのは我慢できない。

鴨川さんは、ほかの男には内緒よ、と前置きしてから教えてくれた。

「須飼さん、課長にセクハラされはじめたころから、派手な下着をつけるようになったの。もう、すっごいんだから。あんな大人しい子が、そんなのつけているとは思わないようなやつ。嫌だったら、そんなことしないと思わない？」


待ち合わせ場所に行くと、キリコは兄やんを肩に載せて、もう待っていた。

いつも小ぎれいな流行の服に身を包んでいる彼女らしからぬ、トレーナーとジーンズという少年のような格好で、顔もすっぴんだ。

「どうしたの。浮かない顔しているじゃない」

浮かない顔もしたくなる。せっかくの休日に、なぜあんな男の家に行かなきゃならないのだ。

「どうせなら、もっと楽しいところに行かないか？」

提案するが一瞬にして却下される。

「駄目。約束しちゃったんだもん。いやなら大介はついてこなくていいわよ」

そういうわけにはいくもんか。

駅に着くと、兄やんはキリコのリュックの中にもぐり込んだ。電車に乗る。電車に乗っている間、キリコに、昨日鴨川さんから聞いた話をした。彼女の意見が聞きたかったのだが、ふうん、という興味なさそうな返事しか返ってこなかった。ぼくの頭の中には、昨日見た徳田課長のいやらしい顔が焼き付いていた。ちょうど用事があって営業事務へ行くと、彼は、なにかミスをしたらしい三上さんを叱《しか》っていた。いや、叱る、という感じではなかった。ねちねちと嫌みを言うような口調で、延々と彼女を責めていた。

単なるケアレスミスらしいのに、何度も間違った理由を聞き、三上さんが勤めて何年目かをくりかえし尋ねる。彼女が下を向いて泣き出してしまっても責めるのをやめない。まるで、楽しんでいるような顔で。

嫌な男だ、とまた思った。うちの宮下課長なら、絶対にあんな叱り方はしない。

キリコはなぜ、あんな男の家へ行こうとするのだろう。

教えてもらった最寄り駅に着くが、キリコは電話をしようとはせず、地図と住所を照らし合わせて、あっという間に徳田課長の家を見つけた。

たしかに噂に聞いていたとおりの、大きく立派な家だった。門扉の間から、大きなジャーマンシェパードが見張るように鼻先を出していた。

チャイムを鳴らすと、ゴルフウェアのような私服を着た課長が出てきた。

にやにやしながら出てきたが、ぼくを見て、妙な顔になる。

「梶本くん、きみもきたのか？」

ぼくが口を開く前にキリコがにっこり笑った。

「このあと、梶本くんと出かけるんです。だからその前に、ちょっとだけおサルさんとか見せていただこうかな、と思って。いけませんでした？」

「いや、別にかまわないけど……」

そう言いつつも顔は憮然としている。当然だろう。キリコを家に呼ぶからには妙な魂胆があったはずだ。それが台無しになったのだから。

キリコは興味深そうにすり寄ってきたジャーマンシェパードの頭を撫でている。

ぼくらは奥に通された。応接室には白いペルシャ猫が気持ちよさそうに箱座りしている。いやな男だが、動物が好きなのは本当らしく、先ほどのシェパードもペルシャ猫も健康そうでつやつやしている。

キリコはリュックから兄やんを出してやると、ペルシャ猫に挨拶させる。どうやら相性はよかったらしく、兄やんはペルシャ猫の横に座り込んだ。

「可愛いですね」

キリコはペルシャ猫の耳の裏を掻きながら、コーヒーを運んできた課長に微笑んだ。

「だろう」

愛猫を誉《ほ》められるとうれしいのか、顔がだらしなく緩む。

「アリョーシャの母猫は有名なコンテストで何度も一位になっているんだ。そこらの駄猫とはわけが違う」

しかしアリョーシャは駄猫の兄やんが気に入ったらしく、頭をなめてやっている。入れてくれたコーヒーはインスタントで、しかもぬるかった。

「ほかの部屋も見るかい？」

尋ねられてキリコは頷いた。どうやら課長はペット自慢に徹することにしたらしい。二階に上がると、妙に暖かいことに気づく。どうやら暖房を入れているようだ。最初に入った部屋にはリスザルがいた。檻《おり》から出してやると、課長の肩にかけのぼる。よく慣れているようだった。課長は、そのリスザルをキリコの肩に載せてやる。

「可愛い」

掌《てのひら》に載るくらいの小さなサルは、黒くて大きな目をぱちぱちさせながらキリコを見ていた。

「ちょっと、その子と遊んでいて」

そう言うと課長はぷい、と部屋を出ていってしまった。キリコはリスザルを腕で走らせて遊んでいる。

ドアが開いた。

「ほら、キリコちゃん」

課長の声で振り向いたぼくは、ひっと悲鳴を上げかけた。

課長の肩には大きなニシキヘビがマフラーのようにかかっていた。その首をこちらに向ける。

キリコは驚かなかった。じっとヘビを見つめ、そのまま課長の顔に視線を移す。少し考えこんでから笑顔になる。

「あら、きれい」

キリコは、リスザルを檻に戻すと、にこにこしながら近づいて、ヘビに触れた。

「わ、冷たい」

平気でヘビを撫でるキリコに、課長は呆れた顔で言った。

「なんだ、驚かそうと思ったのに」

「ほかにもいるんですか？」

キリコの質問に頷くと、彼はぼくらを爬虫類《はちゅうるい》の部屋へと案内してくれた。

イグアナやいろんな種類のヘビや、巨大なトカゲなどが、たくさん檻や水槽に入って並んでいる。

ぼくはどうもこういうのは苦手なのだが、キリコは楽しそうにひとつひとつ覗き込んでは歓声をあげていた。

「餌を食べるところを見せてあげたかったんだけどね。こいつらは一週間に一度くらいしか餌を食べないんだ。二、三日前にやってしまったばかりだから」

課長がうれしそうに説明している。

ふと、思いついて、ぼくは課長に尋ねた。

「ニワトリは飼っていないんですか？」

「ニワトリ？　飼わないよ。そんな珍しくもないもの」

どうやら自慢できないものは飼わない主義らしい。わかりやすいことだ。一瞬、ひよこの出所はここではないか、と思ったのだが。

一通り見ると、キリコは満足したらしく、「おじゃましました」と言って、ぺこん、と頭を下げた。

「うんうん、またおいでよ」

課長はそう言いながら、憎らしそうにぼくを見た。当てが外れてさぞ、がっくりしていることだろう。ざまあみろ。

キリコはくつろいでいる兄やんを抱き上げると、さっさと徳田邸を後にした。

「ね、なんともなかったでしょ」

家を出てしばらく歩くと、キリコは得意げに言った。

「おれがいたからだろ」

「あら、ひとりで行ったって大丈夫だってば。ああいう男ってね、本当はすごく小心者なのよ。猫のことでわたしの弱みをつかんだ、と思ったから家に誘ったけど、だからといって無理矢理襲う度胸なんかないに決まっているわよ」

「それはそうかもしれないけど」

キリコは兄やんを抱いたまま、はあ、とため息をつく。

「どうしよっかな」

「どうしようか、ってこれからのことか？」

まだ時間は早い。なんだったらふたりで映画でも見てもいい。もちろん、兄やんが大人しくできればの話だが。

「ちがうのよ。ひよこのこと」

「ひよこ？　だってあれはもう死んじゃったじゃないか」

キリコは口を尖らせた。

「ひよこを置いた犯人がわかったってこと」

「なんだって？」

ぼくもさっき、徳田課長じゃないかと思ったが、そうではなかった。じゃあ、いったい。

キリコは上目遣いにぼくを見た。そしてゆっくりと話しはじめる。

須飼さんは下を向いていた。膝に置かれた手がぎゅっとスカートを握りしめる。

「わたし、どうしたらいいのかわからなくて……」

声は消え入りそうに細かった。

キリコは机の上に座って足をぶらぶらさせていた。

月曜日、仕事が済むと、ぼくは須飼さんを七階の会議室へ呼びだした。キリコの推理を聞かせるためだった。

須飼さんはすべて認めた。

「もう三ヶ月くらい前から、ずっとなんです。最初はお尻を触られたり、食事に誘われたり程度で我慢できたんだけど、そのうちに家に呼びつけられたり、ホテルに連れていかれるようにまでなって。すごく、すごく嫌だったんだけど、どうしていいのかわからなくて」

彼女は声を震わせながら告白した。ぼくは改めて、あの男に怒りを感じた。いやらしいことを言ったり、身体に触れたりだけでなく、彼は須飼さんに性行為を強要までしていたのだ。それはもう犯罪ではないだろうか。

「それでも、上司だし、断ったら会社にいられなくなるかもしれない、と思って我慢していたんです。わたし、前の職場を辞めてから再就職するまで、すごく苦労したんです。資格もキャリアもコネもないから何度も落とされて、やっとここに入れたんです。だから、どうしても辞めるわけにはいかないし。そうしたら、ある日、ロッカーを開けたらそこにいやらしい下着が入っていたんです。課長の文字で、『これをつけるように』と書かれたメモと一緒に」

鴨川さんが言っていた。セクハラが目立ちはじめたころ、須飼さんは派手な下着をつけはじめたと。

「課長に聞いたら、自慢げに言ったわ。以前、辞めた女の子からロッカーの鍵を返して貰ったとき、ついでに合い鍵をつくったんだって。わたしが入社したときに、合い鍵のあるロッカーを割り当てたのも、最初から企んでいたことだって」

変質者。ぼくは心の中で彼を罵《ののし》った。キリコは表情を変えずに話を聞いていた。

「どうしても、あのロッカーに合い鍵があることに気づいてほしかったの。泥棒が入れば、だれかが鍵を替えようと言い出すんじゃないかって。新しい鍵だと、課長も合い鍵なんて作れないし、そうしたらロッカーの中まで見られることもなくなる、と思って」

そうして、泥棒のふりをして、サンダルとストッキングを盗んだのだ。

「でも、だれも気づいてくれなかったし、それにちょうど、違う掃除の人がきていたせいで、その人たちのせいになってしまって」

彼女はなにかを思い出すように、ぎゅっと目を閉じた。

「そのとき、課長の家に呼びつけられたんです。ヘビに餌をやるからって。わたし、ああいう爬虫類って大嫌いなんです。それなのに、課長は無理矢理わたしに見せて、わたしが悲鳴を上げるのを楽しんでいたみたい。で、今度は餌を丸飲みするところを見せられたんです。本当に気分悪かった」

キリコがやっと口を開いた。

「ひよこは、ヘビの餌だったのね」

　彼女はこっくりと頷いた。

「ヘビに飲み込まれるひよこを見たとき、思ったんです。わたしみたいだって。どうすることもできず、あんな男の言いなりになっているわたしみたいだって。だから、彼の隙を見て、ひよこの入った箱を鞄に入れて持って帰ったんです」

　そうして、彼女はひよこをロッカールームに放した。今度こそ、だれかが異状に気がついて、鍵を替えようと言い出してくれるように願いながら。

　これですべてのつじつまはあった。ロッカールームにひよこがいたのは、そういうわけだったのだ。

　キリコは小さくつぶやいた。

「嘘つき」

「え？」

　彼女は涙を拭《ぬぐ》いながら、顔を上げた。自分がなにを言われたのか、ぴんとこなかったようだ。

「嘘つき。あなたはひよこなんかじゃない。立派な大人のニワトリだわ。多少寒くても死んだりしないし、大声で鳴くことだってできるはず」

「どういう意味？」

　問いかける須飼さんにキリコは言った。

「どうして、嫌だって言わないの？　やめてくださいって言わないの？　本当はそんなに嫌じゃないいんでしょう」

「どうしてそんなこと言うの、嫌に決まっているじゃない」

「じゃあ、なんでのこのこひとりで家まで行ったりするのよ。言われたとおりに、変な下着を着たりするのよ。ひっぱたいてやった？　股間《こかん》を蹴《け》り上げてやった？」

　須飼さんはぶるぶると首を振った。悲鳴のような声を上げる。

「そんなことできるわけないいじゃない！」

「どうしてできないのよ」

「だって、上司なのよ。睨《にら》まれたら、あとでどんなひどいことされるかわからないじゃない」

　キリコは口を閉ざす。ぼくは心の中で彼女に語りかけた。

（キリコ、それは酷だ。だれもがきみみたいに強いわけじゃない）

　須飼さんのように気の弱い女性なら、言いなりになってしまってもしょうがない。

　キリコはぽつりと言った。

「あなたが選んだんだわ」

「違う！」

須飼さんは叫んだ。

「嫌だったわ。本当に大嫌い。でも、できなかったわ。怖かったもの。だれかに助けてほしかった。でも、だれも助けてくれなかったのよ」

涙がぼたぼたとスカートの上に落ちた。

「だから、ひよこを見たとき、わたしだと思ったのよ。だれにも助けてもらえずに、ヘビに丸飲みにされる生き物。我慢できなかった。だから、助け出してしまったのよ」

キリコは顔を歪めた。

「死んだわ」

「え？」

「あなたが自分の分身だ、なんて言ったひよこは、全部死んでしまったわ。まさか、ひよこが冷たい床の上じゃすぐ弱ってしまうってこと知らなかったわけじゃないでしょうね」

ぼくははじめて、キリコがなにに怒っているのか、気がついた。

彼女は呆然とキリコを見ていた。

「死んだの？」

「そうよ、死んだのよ。あなたのせいよ」

「わたしのせい……？」

「あなたが殺したのよ」

須飼さんは叫ぶように言った。

「そんな言い方しなくていいじゃない。わたしが助けなくても、蛇の餌にされる運命のひよこだったのよ！」

キリコはふうっとため息をついた。

「ほら、ごらんなさい」

「え？」

「助けるって、要するにそういうことなのよ」

キリコは毅然《きぜん》と顔を上げて須飼さんを見た。

「あなたをかわいそうに思って助けてくれる人がいたとしても、その人はすぐに手を離すわ。あなたがひよこを粗末にしたのと同じようにね。『しょうがない、どうせ、死んじゃうはずだったんだ』ってね」

キリコは唇を噛んでいる彼女に向かって言いきった。

「あなたが自分で逃げなきゃならないのよ。自分で悲鳴を上げるの。でなきゃ、だれもあなたを助けることなんてできない。あなたはひよこなんかじゃない。きちんと大声で鳴けるニワトリなんだから」

けれども、須飼さんは鳴こうとはしなかった。

あいかわらず、徳田課長は彼女の腰を撫でたり、胸に触ったりのいやらしい振舞いを続けていたし、鴨川さんから聞いた話では、須飼さんはまだ派手な下着をつけているらしい。

キリコの言い分が正しいのかどうか、ぼくには理解できなかった。人には持って生まれた強さというものがある。ヘビのような人間もいれば、ひよこのような人間もいるのではないか。そうして、ひよこのようにか弱い人間は、かばってあげたり、守ってあげなくてはならないのではないか、そう思っている。

須飼さんを助けてあげたい、とは思ったが、どうしていいのかわからなかった。

それから二ヶ月ほど経ったある日、ぼくは用があって営業事務を訪れた。

徳田課長が出張に行っていることは三上さんから聞いていた。

ぼくは、須飼さんの机に近づいて、封筒を渡した。彼女は驚いた顔で、ぼくを見上げた。

「これ、清掃作業員の子から……」

キリコに須飼さんに渡すように頼まれた封筒だった。

不審そうな顔で封筒を開けた須飼さんが息を呑んだ。

中身はキリコから聞いている。

セクハラの訴訟に強い弁護士事務所の連絡先と、会社をを辞めた元社員で、徳田課長のセクハラ被害に遭った人たちの名前とメールアドレス、そして、今会社に在籍していて、これまであったことを証言してもいいと言ってくれた社員の名前。

すべてキリコが、この二ヶ月で集めたものだった。

須飼さんはそれをじっと見つめていた。

か弱いひよこだから、誰にも助けてもらえないのではなく、誰にも助けてもらえないと思うから、自分がひよこだと思うのではないだろうか。

もし、ひとりではないと信じられたら。

彼女はぽつりと言った。

「わたし、強いニワトリになれるかな……」

それを決めるのは彼女自身だ。

CLEAN.6

桃色のパンダ

ことの起こりは、ある日、キリコが言ったひとことだった。

「大介、わたし、明日誕生日なの」

外周の掃除に行くらしく、きてれつなサンバイザーをかぶって、ショートパンツから長い脚を覗かせている。日焼けした肌と、くるくるとよく動く丸い目、ほうきとちりとりさえ持っていなかったら、ハワイやどこかのマリンリゾートが似合いそうな格好だ。

だが、彼女は我が社の敏腕清掃作業員である。たとえ、見かけは渋谷を歩いている女の子たちと変わらなくても。

「そう。それはおめでとう」

そう返事すると、キリコはぷーっと口を膨らませた。

「ダメダメ、おめでとうは、明日言ってよ」

まあ、同じ会社にいるのだから、どちらかが休みでない限りは顔を合わせるだろう。とりあえず忘れないようにしておこう、と思いながら、自分の机に戻って気がついた。
もしかして、さっきのはプレゼントの催促だろうか。
思わず頭を抱えた。
いや、キリコにプレゼントを贈ることはなにも問題ではない。彼女とは仲がいい
し、いろいろと世話になったこともある。誕生日なら、ぜひともなにかを贈りたい。
だが、問題は、ぼくが女の子の喜ぶものを選ぶ自信がないということだ。
(そういや、あいつ幾つになったんだっけ)
頬杖ついて考える。たしか、十八か十九歳。ぼくとは四つか五つの差だが、なん
となくその差が眩《まぶ》しい気がする。そりゃ、七十と七十四なら四つ違ってもそんなに
変わりはないだろうが。
女の子の喜ぶもの。そりゃあ、情報としてはティファニーのリングとか、ヴィト
ンのバッグとかは知っているけど、そんなものを贈る財力もないし、おまけに彼女
でもない女の子にそんなものを贈るなんて、悪趣味この上ない。
ぬいぐるみなんかはあまりに子どもっぽいし、かといってアクセサリーなんかも、
彼女のセンスに合うものがどれかなんてわからない。

「大ちゃん、なにため息ついてるの？」

打ち込みの終わった書類を抱えて、オペレーターの鴨川さんがぼくの顔を覗き込んだ。

「明日、キリコの誕生日なんだそうですよ」

「あら、じゃあ、大ちゃん、なんかプレゼントしてあげなくちゃ」

やはり鴨川さんも意見は同じらしい。

「でも、女の子になにをプレゼントしていいのかわからないっすよ」

「あー、そうかもねえ～」

彼女は書類を置いて首を傾げた。

「男の子のプレゼントって、たまに妙にツボを外しているのよねえ」

前に座っていた二宮さんがくくっと笑う。

「そうそう、だれがつけるの？　というくらい趣味の悪い香水とかねえ」

「わたしも、大学生のとき、絶対着られないような服もらったことある～」

贈る方は真剣に選んだんだから、笑ってやるなよ、とちょっと思うが、自分もその後何年経っても笑われるようなものを贈ってしまいそうな予感が少しする。

「どんなものがいいと思います？」

そう尋ねると、鴨川さんはにっと笑った。

「そりゃあ、大ちゃんが選んでこそ、思いのこもったプレゼントでしょう」

それで、その後数年にわたって笑いものにされるわけか。

少し離れたところで聞いていたらしい富永先輩が話に入ってくる。

「わたしなら、花束がいいなあ。自分では絶対に買わないものだし、趣味に合う合わないもあんまり関係ないし」

「あ、たしかに。好きな男の子に花束抱えてきてもらったら感動しますよね」

そう言って、全員ぼくの方を見る。

「……勘弁してください」

会社に花束を抱えて出勤し、掃除の女の子にその花束をプレゼントするなんて、このあと何年も噂と物笑いの種になりそうだ。

「なにも会社じゃなくていいじゃない。会社終わった後、食事にでも誘えば？」

それもなかなか気が重い。誕生日なんて、仲のいい友達かもしくは別の男の子と約束がありそうじゃないか。

ともかく、この人たちは当てになりそうもない。自分でなにか考えなければ。

会社帰りに街に出てみよう、とぼくは考えた。

街にはきらびやかなものがあふれている。

デパートをぶらつきながら、ぼくはため息をついた。

もしかして、今の日本の経済を支えているのは女の子の購買力かもしれない。そんなふうに考えてしまうほど、売り場には女の子の喜びそうなものがたくさんあった。この中からなにかひとつを選び出すなんて、そう簡単にできそうもない。

目の前には間の抜けた顔で笑っているカエルの形をした時計があって、ぼくはそれを腹立ち紛れに軽くこづいた。

「梶本くん？」

急に声をかけられて振り向いた。後ろに立っていたのは、ネットワーク事業部の永井《ながい》副部長だった。

「あ、こんにちは」

あわてて頭を下げた。彼女には新入社員研修のときに、世話になっている。四十代の落ち着いた女性で、てきぱきと仕事をこなすのに、いつも穏やかな表情を崩さない。一緒にいると、なんとなく、頼りたいというか、甘えたい気分になる人だった。

「どうしたの。彼女へのプレゼントでも探しているの？」

「いえ、そんなんじゃないんですけど……」

苦笑しながらぼくは考えた。年代は違うといえども、永井さんも女性だ。いつもすっきりとした洒落《しゃれ》た格好をしている。なにかアドバイスをしてくれるかもしれない。

「キリコの誕生日なんですよ。だからちょっとした小物でもプレゼントしようと思ったんですけど、なにがいいのかよくわからなくて……」

「あら、キリコちゃんの？」

彼女はぱちぱちと瞬きをした。

「梶本くん、キリコちゃんと仲いいみたいね」

「いえ、ただの友達なんです。だから、そんなに大げさなものでなくていいんですが」

「ふうん、それで、どれとどれで迷っているの？」

「いやもう迷うというか、どれがいいのかもちっともわからなくて……」

女の子にプレゼントし慣れていないようで恥ずかしいが、事実だからしょうがない。

彼女は少し首を傾げた。

「じゃあさ、さっきちょっと可愛いぬいぐるみを見つけたの。それ一緒に見に行きましょう」

「え、でも、ぬいぐるみなんて子どもっぽくないですか？」

「大丈夫、大丈夫。絶対気に入るわよ」

彼女は自信たっぷりにそう言うと、さっさと歩き出した。ぼくはあわてて後を追った。

「ほら、これ」

透明なプラスティック板の棚にディスプレイされていたのは、掌に載るくらいの小さなクマのぬいぐるみだった。手が妙に長くて、いろんな場所にくくりつけられるようになっている。

ディスプレイでは二匹のクマがぎゅっと抱きしめ合うように結び合わされていた。クマの恋人同士のようで、たしかにとても可愛らしい。

ぼくはさりげなく値札を見た。そんなに高くない。二匹買っても充分予算の範囲内だ。

「可愛いですね。これにしようかな」

「でしょう。ほら、赤とピンク。色合いもちょうどいい感じでしょう」

彼女は陳列棚の中から二匹のクマを選び出して、それをディスプレイのようにきゅっと結び合わせた。

「ありがとうございます。永井さんに会えてよかったです」

ひとりではこのクマを選ぶことはできなかっただろう。

「いいのよ。別になんにもしていないいし。人のプレゼントを選ぶのは楽しいもの」

「今日はどうされたんですか？　お子さんのものを買いに？」

たしか彼女には小学校に入ったばかりの娘さんがいたはずだ。

ぼくの質問に彼女は微笑して、手に持った紙袋をちょっと持ち上げてみせた。

「まあね。そんなところ」

そう言って、彼女は時計を見た。

「ごめんなさい。じゃ、もう行くわね。またね」

そう言って颯爽《さっそう》と彼女は歩き出した。ぼくは、彼女の選んでくれたクマをレジに持っていくべく、抱き上げた。

「いやん、可愛い～」

キリコはクマを見たとたん、嬌声《きょうせい》をあげた。

お義理ではなく、本当に喜んでいる様子にほっとする。

「大介、ありがとう。すっごいうれしい！」

二匹のクマをきゅっと抱きしめながら、キリコは笑った。

「気に入ってくれてよかったよ」

「うん、気に入った。大事にするね」

喜んでもらえたのはうれしいが、なんとなくフェアじゃない気がして、言った。

「昨日、街をうろついてたらさ、ネットワーク事業部の永井さんに会って、一緒に選んでもらったんだ。自分ではどれがいいか、よくわかんなかったしさ」

「あ、それでか」

キリコは腑《ふ》に落ちた、というように軽く手を叩いた。

「どうかしたのか？」

「さっき、永井さんからこれもらったの」

掃除用具を入れたカートの中から、可愛らしい缶を引っ張り出した。どうやらクッキーの缶らしい。小さなカードが添えてあり、とても綺麗な字で「いつも綺麗にしてくれてありがとう」と書いてあった。

さすが女性らしい細やかな気遣いだ。

「大介以外には言ってなかったからびっくりしたの」

カートのいちばん目立つ部分に、キリコはクマを並べて座らせた。

「じゃあ、本当にありがとうね」

そのままカートを引いて歩き出す彼女に、手を振って別れた。

キリコが見えなくなってから、ぼくは彼女の歳《とし》を聞き忘れたことに気づいた。

そういえば、ネットワーク事業部に届けなければならない書類があったことを思い出した。それを届けるついでに、永井さんにお礼を言わなければ。

書類を抱えて、ネットワーク事業部のある五階に上がる。担当の松苗《まつなえ》さんに書類を渡してから、永井さんの姿を探すと、彼女は吉田《よしだ》部長の机のそばで、部長と話をしていた。

雰囲気は和やかだが、たぶん仕事の話だろう。割り込むわけにもいかず、少し離れたところで様子をうかがっていると、永井さんがこちらに気づいた。

「あら、梶本くん、どうだった?」

「気に入ってくれたみたいです。どうもありがとうございました」

「ほらやっぱり、わたしの言ったとおりでしょ」

吉田部長が、ぼくと永井さんの顔を見比べる。

「どうかしたのかい?」

永井さんがちょっとね、と言いながらくすくすと笑った。笑みを浮かべていたぼくは、吉田部長の机の上に、妙な物体があるのに気づいた。

ぬいぐるみのくまのようにも見えるが、なんの生き物かわからない。白とピンクのブチで、丸くてふわふわしていて、黒いボタンがついているのは目なのだろうか。

「あの……それ、なんですか?」

「ん、これ?」

吉田部長がにやりと笑う。

「これはパンダなんだ」

パンダ。でもパンダというのはふつう黒白ではないのか。たしかに形はパンダに見えなくもないが、これはピンクと白だ。

「うちの末の娘が幼稚園のお絵かきで、ピンクと白のパンダを描いたんだ。ピンクが好きだからついピンクに塗ってしまったんだと思うんだが、それを幼稚園の先生に注意されて子供心にショックを受けてしまったみたいでね。だから、ピンクのパンダがいてもいいんじゃないかと思って、特注でこれを作ってもらったんだよ。明後日、娘の誕生日だからね」

「へぇー」

いいお父さんなんだな、と思う。なにも現実の通りに絵を描かなくちゃならない理由はない。見れば吉田部長の机の上には、家族で撮った写真が飾られている。

「感性の自由なお子さんですね」

そう言うと、吉田部長は自分のことを誉められたかのように、うれしそうに笑った。

そう、それだけならただの微笑ましい出来事で終わったはずだった。事件は次の日に起こった。ピンクのパンダが惨殺されたのだ。

ぼくがその話を聞いたのは、二宮さんからだった。彼女はネットワーク事業部に仲のいい同期の女性がいる。

「なんかひどい有様だったらしいのよ。鋏《はさみ》かカッターかで首が切り落とされて、お腹が裂かれて、綿があちこち散らばっていたって……。悪戯《いたずら》でもひどいわよね」

物が意図的に壊されたというだけでも、嫌な印象を受けるのに、それが生き物の形をしているせいで、よけい悲惨に思える。

「どうしてそんなことをしたんでしょうか」

「吉田部長に恨みのある人でもいたのかなあ。でも、あの人は穏やかであんまり人に嫌われるようなタイプじゃないし……」

もちろん、ぼくやオペレータールームの同僚たちは、吉田部長とそんなに繫《つな》がりはないが、社内の情報に詳しい鴨川さんなども同じことを言っているのだから、たぶん嫌う人は少ないのだろう。

「なんか本当に優しいおじさんという感じの人だもんねえ」

植田さんが頰杖をつきながら言う。

「ほかになにか壊された物とか、盗られた物はないの?」

「それがさあ、家族の写真もびりびりに破かれていたんだって」

全員が顔を見合わせる。

「それって、もしかして不倫相手とか……?」

「だよねー。ただ憧れているとか、好きになっただけでそんなことまでしないだろうし……」

不倫。なんとなく現実感のないその単語に戸惑う。

「でも、吉田さんって、本当にただのおじさんという感じの人ですよね」

なんとなく不倫なんて、ドラマに出てくる精力のありそうな二枚目だけしか縁がないような気がする。

「甘い。大ちゃん甘いわー。ファザコンの女の子なんて結構いるもんだし、くたびれたおじさんへの同情から不倫に走る女性も多いのよ」

「そ、そういうものなんですか？」

「そうよ。少なくとも吉田部長って、女性から嫌われるタイプじゃないもの。奥さんだって結構若いのよ。不倫相手がいたっておかしくないと思うな」

たしかに、自分の娘のために特注でピンクのパンダのぬいぐるみを作ってプレゼントするなんて、優しい人だと思う。その優しさに惹《ひ》かれる女性がいるかもしれない。

「ま、今の段階じゃただの推測だけどね」

鴨川さんのひとことで、この話題は打ちきられた。

廊下を歩いていて、トイレに清掃中の看板が出ているので覗いてみると、キリコが床に水を撒《ま》いてモップで擦《こす》っていた。

ぼくの顔を見ると、挨拶もなしに「聞いた？」と言った。

「ああ、パンダの話？　キリコも聞いたのか」

「だって、見つけたの、わたしだもん」

モップを操りながら、彼女は暗い口調で言った。

「なんか殺されてたみたいだった。かわいそう」

ぼくはトイレのドアにもたれてキリコの横顔を眺めた。

「事件が起こってから、こういうこと言うのずるいかもしれないけど、わたし、あそこの部署はあんまり好きじゃなかった」

「どうして」

「よくわからないけど……」

曖昧《あいまい》なことばだが、ぼくは彼女がとても勘がいいことを知っている。

以前彼女に、どうしてそんなに勘が働くのかと尋ねたことがある。彼女はこう答えた。

「掃除をしていると、見たくないものまで見えてきてしまうのよ」

たとえば、ゴミの中からも、その人のプライベートが透けて見える。まだ、ゴミになっていないものには気を払っても、ゴミ箱に捨ててしまえば、もうその先は消えてしまったも同然だと思っている人が多いのだ、と。だから、ゴミ箱の中身は、無防備にその人をさらけ出す。

それだけではない。心がすさんでくると、部屋やトイレは汚れてくるし、汚し方から、その人の精神状態が透けて見えることもあるという。

「プライバシーを見ちゃうのは嫌だから、普段はなるだけ触覚を鈍感にして、なんにも考えないようにしているけどね」

けれども、ゴミを集め、掃除をしているからには、完全に見ないことは不可能だ。そういう記憶が積み重なって、彼女の勘の良さに繋がっているらしい。

そろそろ持ち場に戻らなくては。背を向けたぼくにキリコは声をかけた。

「今日昼休みは？」

「特に用はないけど、弁当持ってきている」

「じゃあ、屋上で食べない？」

「了解」


昼休み、弁当を持って屋上に上がると、キリコはいつもの場所で柵にもたれるように座っていた。あまりいい天気とは言い難いが、この時期、晴れていると暑いからちょうどいい。

メロンパンの袋と牛乳を膝の上に載せて、ぼくに手を振る。ぼくは彼女の隣に腰を下ろした。

「だれがやったのかはわからないのか？」

「わかるわけないでしょ」

愚問だった。ぼくは弁当の蓋を開けて食べ始めた。キリコもメロンパンをもくもくと齧《かじ》っている。

「でも、吉田さん、あんまりことを大きくしたくないみたいだった」

キリコは紙パックの牛乳を飲みながらそう言った。

「わたしが、ぬいぐるみは修理できますよって言ったのに、『もういいから』って捨てちゃったの」

「修理できるような壊れ方だったのか？」

「うん。見た目は綿が出て悲惨だったけど、縫い目に沿って破かれていたから……。きちんとほどいて縫い直せば、わからないように修繕できたと思う。でも、そんな悪意をぶつけられたぬいぐるみを持って帰って、自分の娘に渡す気はしないよね」

もしくは壊した人間に心当たりがあるのか。

彼女は思い出すように空を眺めながら語った。

「なんか絵本を思い出した」

「絵本？」

「そう。七匹の子ヤギとか、赤ずきんちゃんとか。お腹を裂かれて、また縫われてってそういうのあったよね。でもあれはみんな狼《おおかみ》で、パンダじゃないもんね」

急に人の声が聞こえて、ぼくとキリコは顔を見合わせた。

「わたしがやったんじゃありません……」

泣き出しそうな声がそう言う。ぼくは身体を強《こわ》ばらせた。

「いや、なにもきみがやったとは言っていないよ」

聞こえてきた声は、あきらかに吉田部長のものだった。どうやら、非常階段の裏で話しているらしい。

「じゃあどうして、今、こんなことを言うんですか」

「いや、きみには本当につらい思いをさせてしまって……申し訳ないと思っている。ただ、それだけなんだ」

ぼくたちは息を潜めてその話を聞く。もしかして、咳払いでもして、ここに人がいることを教えた方がいいのかもしれないとも思うが、話の内容を少しでも耳にしてしまったからにはやりすごすしかない。

女性の声はしばらく黙っていた。やがて、ぽつんと言う。

「わたしじゃないです」

「もちろんだ。ぼくはきみのことを信じているよ。きみはあんなことをする女性じゃない」

それに関する女性の返事はなかった。やがて彼女は言った。

「話はそれだけですか。じゃあ、先に帰ってください。一緒にいるところ、あんまり見られたくないし」

「あ、ああ、そうだな。じゃあ、また携帯に連絡するから……」

吉田部長の声がそう言ったあと、非常階段の扉が開く音がした。ぼくらは少し息をついた。これで女性が帰ってくれれば、もう見つかる心配はない。無理にその女性がだれかを知りたいとは思わなかった。

だが、こつこつという足音はこちらに向かってきた。キリコもあわてたような顔をしているが、逃げる場所はない。

非常階段の陰から現れた女性は、ぼくたちを見つけて顔を強ばらせた。ネットワーク事業部の松苗さんだった。

なにも聞かなかったふりをしようとしたが、それより早くキリコが言った。

「だれにも言わないから……。偶然聞こえちゃったけど、だれかに言うつもりなんてないから！」

松苗さんは、ふうっと息を吐いた。そうして笑う。

「やっぱり悪いことはできないもんですね」

彼女はぼくたちの近くまでやってきた。座っていいですか、と聞かれたので、場所を空ける。

彼女はキリコの隣に座った。

「煙草吸っていいですか？」

ぼくもキリコも頷く。彼女はポケットからメンソールの煙草の箱を出した。一本くわえて火をつける。

松苗さんとは仕事の関係でよく喋っていたが、今の彼女はぼくの知っている彼女とは違うように見えていた。

ぼくよりも一年後輩で、眼鏡をかけた地味な女の子、そんなふうに思っていたのに、目の前にいる彼女は、妙に大人っぽくて、女を感じさせた。

彼女は煙を吐き出した。

「ひとつだけ言い訳していいですか。あの、ぬいぐるみをめちゃめちゃにしたり、写真を破いたりしたのはわたしじゃないです」

そうしてつぶやくように、付け加える。部長とつきあっているのは本当ですけどね、と。

吉田部長が不倫をしているという、鴨川さんや二宮さんの予想は当たっていた。けれども、その根拠となったぬいぐるみバラバラ事件の犯人は、松苗さんではないと言う。なんだか頭が混乱してきそうだ。

「でも、実を言うとちょっとすっきりしたのも本当。あの写真とか、ぬいぐるみとか、むかついていたから」

彼女はまた煙を吐く。煙はまっすぐ昇りながら消えた。

「むかついていたけど、そんなことで腹を立てちゃいけないって思っていて……、むかついていることを自分では認めたくなかったんです。でも、あの人形とか写真がめちゃめちゃにされたって聞いて、『ざまあみろ』って思っている自分がいることに気づきました。だから、わたしがやったのと変わらないのかもしれないですね」

「全然違うわ」

キリコは空になった牛乳パックを握りつぶしながら、はっきりと言った。

「心で思うのと、実際手を下すことには、ものすごく遠い隔たりがある。思ったぐらいでは、だれもあなたを責められない」

松苗さんは煙草をもみ消すと、携帯灰皿の中に吸い殻を入れた。

「でも、ちょうどいい機会だから、もうやめます」

彼女はきっぱりとそう言った。むしろ晴れやかな顔だった。

「ごめんなさいね。二人とも関係ないのに、こんな話しちゃって。でも、聞いてもらうと、気持ちが晴れるみたい」

「それは別にいいけど……好きなんじゃないの？」

思わず口をついて出た質問に、彼女は素直に頷いた。

「好きだし、あの人もわたしのこと好きみたいだし、昨日まではそれだけでいいと思っていたんだけど、なんか今日のことで力が抜けちゃったみたい。無理に重い荷物を持ち上げて、重くない、重くないって自分に言い聞かせていたんだけど、急にそれが重いことに気がついてしまったみたいな……そんな感じ」

彼女は笑顔でそう言いながら、前髪をかきあげた。失礼だと思いながら、尋ねた。

「部長のどこが好きだったの？」

まるでおかしな質問をされたかのように、彼女はくすくすと笑った。

「可愛いんですよ。あんな歳なのにロマンティストで、十代の男の子みたい。きみとずっと一緒にいれたらいいのに、なんてまじめな顔で言うの。それでいて優しいから、奥さんや子どものこともちゃんと愛していて……そういうところが好きだったんだけど、なんかなにもわたしが、あの人のロマンティックな夢につきあう必要なんかないような気がしてきちゃった」

彼女はそう言うと、すっくと立ちあがった。

「でも……いいです。わたしも楽しかったから」

非常階段を下りる途中でキリコがぽつりと言った。

「吉田部長は、どこであのパンダを作ってもらったんだろう」

「特注だって言ってたから、どこか玩具屋で頼んだんじゃないかなあ」

「でも、あれくらい、ちょっと器用な人なら作れそうよね」

キリコがなにを思いついたのか、ぼくにはぴんときた。

「吉田部長ではなく、あのパンダ自体に問題があったと思っているのか？」

「うん、でもそうなると、どうして写真が破かれていたのかわからないけどね」

「写真はカムフラージュかもしれないぞ」

キリコはそのまま五階に下りていった。直接吉田部長に聞くつもりらしい。ぼくも後に続いた。

ちょうど廊下を歩いている吉田部長をつかまえる。

「すいません、吉田さん。少しお尋ねしたいんですが、あのパンダって、どこで作ってもらったんですか？」

直球である。部長はあきらかに動揺したように目を泳がせた。

「あ、ああ、あのことはもういいんだ。気にしないでくれ」

どうやらまだ、やったのは松苗さんだと思っていて、彼女をかばおうとしているらしい。近いうちに彼女にふられるんだろうな、と思うと、少しかわいそうになる。

「あ、そうじゃないんです。わたしも作ってもらいたいぬいぐるみがあって……。それで特注で作れるところがあったら知りたいなと思ってたんです」

「ああ、なんだ、そうか」

吉田部長は安堵《あんど》したように微笑んだ。

「それならわたしも人に頼んだから、よく知らないんだ。永井くんに聞いてみてくれないか」

「永井さん……ですか？」

「ああそうだ。以前彼女が、オーダーメイドでぬいぐるみが作れるところを知っていると言っていたから、先週だったかな、聞いてみたんだ。そうしたら、頼んできてくれてね。だから、ぼくは店の名前は知らない。永井くんに聞いてくれ」

キリコはにっこりと微笑んだ。

「わかりました。どうもありがとうございます」

吉田部長が行ってしまってから、ぼくはキリコに聞いた。

「永井さんがなんか関係あるのかな?」

「さあ、関係あるかもしれないし、関係ないかもしれない」

キリコは考え込みながらそう言うと、そのままますたすたと歩いていった。永井さんに尋ねるのなら、ネットワーク事業部の方だと思うが、どうやら方針を変えたらしい。彼女がなにをしようとしているのかも気になるが、ぼくもそろそろ仕事に戻らなくてはならない。あきらめて、ぼくはキリコと反対方向に歩き出した。


就業時間が終わった頃に、携帯が鳴った。出てみるとキリコだった。

「ねえ、もう仕事終わった?　残業はない?」

今日は残業がないことを伝えて、電話を切り、タイムカードを押して、地下一階に向かう。地下一階には、掃除用具倉庫があり、キリコはそこを休憩室代わりに使っている。

ノックしてから倉庫のドアを開ける。キリコは小さなテーブルに向かって、なにかを広げていた。見れば、ばらばらになったはずのピンクと白のパンダだった。

「どうしたんだ、それ」

「んー、捨ててくれって言われたけど、なんかかわいそうで捨てられなかったの」

パンダはとりあえず、もげた首をくっつけられ、開いたお腹を安全ピンで留められていた。こうやって見ると、思ったより悲惨な状態ではない。綿が抜けているから、しょんぼりとして見えるが、一応形は保っている。

そう言うと、キリコは深く頷いた。

「うん。鋏かカッターで切り裂かれているのは、全部縫い目のところだからね。ばらばらになってはいても、こうやって集めれば一応復活するの。きっちり縫い合わせて、綿を詰めれば前と変わらない形になると思うわ」

「ずいぶん優しい殺人者だね」

キリコは少し首を傾げた。

「殺人者と言うより、わたしには解剖されたみたいに見えるわ」

まだ縫われていないため、パンダの首がころんと落ちた。それをもう一度胴体の上に載せながらキリコが言った。

「でも、ひとつパーツが足りないのよ。集めたゴミの中にもなかった」

ぼくはじっとパンダを見た。耳も足も尻尾もきちんとある。どれも可愛らしいピンク色ではあるが。

キリコはちらりと時計を見た。

「永井さん、まだいるかな。話を聞きに行きたいんだけど、つきあってくれる？」

「そりゃ、別にいいけど……」

彼女はパンダをビニール袋にまとめて立ちあがった。

幸いなことに、部署でまだ帰っていないのは永井さんだけだった。キリコの手にしている袋を見て絶句する。

「それ……」

キリコはにっこりと微笑む。

「わたし、永井さんに聞きたいことがあって……。吉田部長は永井さんが知っているって言ってたから」

「なにかしら」

永井さんはあきらかに不快そうな声を出した。いつもものの柔らかな態度を崩さない人だから、ぼくは少し驚いた。

「このパンダ、どこで作ってもらったんですか？　たしか特注なんですよね」

「えーと、なんて名前だったかしら、隣の駅の……」

「メルヘン工房ですか？　あそこなら知っています。でも、あそこだと、頼んでからできるまで一ヶ月半かかるはずなんですよね。吉田さんは先週、永井さんに頼んでもらったと言っていました。そんな短期間ではできないはずです」

「無理を言って早くしてもらったのよ」

彼女の答えはあくまでもとげとげしかった。キリコの質問の仕方が不躾《ぶしつけ》なのはたしかだが、それでもぼくは違和感を覚える。彼女はこんな言い方をする人ではない。

「そうですか。でも、メルヘン工房に聞けばわかることですよね。あと、不思議なんですが、どうしてこのぬいぐるみにはタグがついていないんですか？　普通、オーダーメイドでも、プロに頼んで作ってもらったら、必ずタグがついているはずです。まさか、お腹の真ん中の縫い目や、首と胴体のつなぎ目にタグをつけるはずはないから、切り裂かれたときに、落ちたのでもない。はじめからついていなかったんですよね」

キリコはなにを問いつめようとしているのだろう。永井さんは眉間《みけん》に皺《しわ》を寄せたままだ。

「なにが言いたいの？」

「このパンダ、あなたが作ってあげたんじゃないんですか？」

永井さんは笑った。さもおかしそうに。

「どうしてわたしがそんなことしなくちゃならないのよ」

キリコは一歩も譲らなかった。

「あなたなら、そう考えても不思議じゃないから。吉田部長が自分の娘さんのために、ピンク色のパンダを作ってあげようとしていることを知って、でもそれが娘さんの誕生日に間に合わないって知ったとき、なら自分が作ってあげようと思うような人だから。よく、ひとりだけ残って残業していますよね」

「ただの憶測よね」

「じゃあ、このぬいぐるみ、どこで作ってもらったんですか？」

彼女は答えなかった。やはり彼女が自分で作ったのだろうか。でも、どうしてそれを隠そうとするのかわからない。

「あなたたち、それを壊した犯人を探しているの？」

「状況によっては。今のところ、無理に探すつもりはないけど、松苗さんがもし疑われるようなことになったらかわいそうだし」

急に彼女の背中から力が抜けたような気がした。

「松苗さんと部長のことを知っているの？」

「はい、知っています。彼女、もう部長と別れるって言っていました」

「自分が疑われたから？」

「というよりも、なんか夢から覚めたような気分になったんだと思います」

永井さんはそれを聞いてくすっと笑った。

「お祭しの通り、それを作ったのはわたし。手芸やぬいぐるみ作りはもともと好きだったから、それくらい簡単だったわ。そうして」

彼女は一度、ことばを切った。

「それを壊したのもわたし」

「どうしてそんなことをしたんですか！」

思わず尋ねた。返ってきた返事は簡潔だった。

「むしゃくしゃしたの」

そう言って頬にかかった髪をかきあげた。

「作っているときは楽しかったけど、できあがって、あの人の机の上にあるのを見たら、どうしようもなくイライラしちゃって。あんなふうにいい父親ぶっているけど、その一方で若い女子社員と不倫なんかして、偽善者そのものよね。それで思ったの。あのパンダを壊して、家族写真を破れば、松苗さんとの間に亀裂が生まれるんじゃないかって」

「そんな！」

たとえ、不倫でもそれは当人同士の問題だ。他人が手を出すようなことじゃない。それもそんなやり方で。

「誤解しないでほしいんだけど、わたしは別に部長のことを好きだったとかそういうんじゃないのよ。ただ、あんまり目の前で同じことが繰り返されているから、いい加減飽き飽きしただけ」

彼女はそう言って笑った。

「吉田部長は、そんなに不倫を……？」

「まあね。あの人、すごく惚《ほ》れっぽいの。しかも、好きになったらその相手にはとことん優しくする。だから、ついほだされてしまう女の子も多いのね。まるで、昔の少女漫画に出てくる女子高生みたいよ。だれかを好きになっていないとダメみたいなの」

永井さんは、キリコが手にしているパンダを指さした。

「でも、あの人の優しさなんて、結局そのパンダと一緒。だれかがピンクのパンダを夢想したら、それを作ってあげる。たしかに優しいけど、その場限りなのよ。綺麗な色合いのものに目を奪われて、彼が与えてくれる夢みたいなものに酔っていて、でも、結局気づくの。ピンク色のパンダなんていないんだって」

子どもなら夢を見せてあげることも必要かもしれない。でも大人には……。

「わたしは十年前、それに気づいてさっさと彼とは別れたけど、同じことが目の前で何度も繰り返されていて、もういい加減むしゃくしゃしたの。だから、つい……」

キリコは黙って、彼女の告白を聞いていた。

「でも、松苗さんと別れても、吉田さんはまた別の女の人を好きになるんじゃないですか？」

「たしかにそうね。よく考えればつまんないことをしたものだわ」

彼女は鞄を持って立ちあがった。

「これでわかったでしょ。別に人形を壊したくらいで、罪に問われることはないわよね。だいいち、あれを作ったのはわたしだし。もう帰っていい？」

キリコはぺこりと頭を下げた。

「わかりました。お時間をとらせてすみませんでした」

タイムカードを押して、部屋を出ていく前に、永井さんは一度振り向いた。

「ねえ、キリコちゃん。本気で人を好きになったことある?」

キリコは驚いたように顔を上げた。少し考える。

「わかんないです。でも、たぶんまだ」

「そう。一度、本気で、心の底から人を好きになったら、あなたもわかるかもしれないわね」

そう言うと、彼女は背を向けて部屋を出ていった。

キリコは、そばにあった椅子に、すとん、と腰を下ろした。まるで脱力しているみたいだった。

なんとなく沈黙に耐えかねて、ぼくはできるだけ明るい声で言った。

「まさか、永井さんだなんて思わなかったよ。あの人があんなことをするなんて……」

キリコはぽつんと言った。

「嘘だわ」

「え？」

「あの人の言っていることは嘘」

ぼくは驚いて、目を見開いた。

「嘘って……じゃあ、永井さんがやったんじゃないのかい」

「ううん。やったのは永井さん。さっき言ったことも半分くらいは本当かもしれない。でも、いちばん大きな理由はそれじゃないはず」

キリコはポケットから、なにかをつかみだした。びりびりに破かれた紙切れ。写真のようだった。

「これ、ゴミ箱に捨ててあったの」

キリコはゆっくりとジグソーパズルのようにそれをつなぎ合わせていく。全部つなぎ合わせるまでもない、三分の一集まった時点で、その写真がなにかはわかった。

永井さんと吉田部長だった。今より十歳ほど若く見える彼らが、写真の中で微笑んでいた。とても幸せそうに。

「これは……？」

「ただの憶測なんだけど。たぶん、永井さんが言うように、わたし、本気で人を好きになったことなんてないから、わからないかもしれないけど。永井さんは、この写真をパンダの中に隠したんじゃないかしら。まだ燻《くすぶ》っている思いを、完全に封印してしまうために」

そこまで言われて、ぼくにもわかった。

一時の激情で、それをパンダの中に封印した永井さんは、たぶん、そのあと気づいたのだ、自分のやったことの危険さに。

人の手に渡ったぬいぐるみは、その後どうなるかわからない。破れることも壊れることもなく、なにを封印しているのか知られないまま終わることの方が多いかもしれないが、何かの拍子に破れて、そこに写真があることを知られれば。

ぼくはもう一度写真に目を落とした。

写真の中の二人は、どう見ても恋人同士にしか見えなかった。家族に見られれば言い訳ができないだろう。しかも、まだ幼い子どもが見てしまう可能性もある。

だから、彼女はパンダのお腹を切り裂いたのだ。この写真を取り戻すために。

母親ヤギが、自分の子どもを救い出すために、狼のお腹を切り裂いたように。

キリコは、すっかりぼろぼろになってしまったピンクのパンダを膝の上で抱いて、言い聞かせるようにつぶやいた。

「よかったね。あんた、爆弾にならなくて済んだんだよ」

CLEAN.7

シンデレラ

今日のキリコは異常に機嫌が悪そうだった。

モップをぶんぶん振りながら歩き、大きな音を立てて掃除用具入れの扉を閉めた。唇は拗《す》ねたようにへの字になっている。

彼女とはなんだかんだいって結構長いつきあいになるが、こんな様子のキリコを見たのははじめてだ。もちろん、機嫌のいい日とそうでない日があるのは当然だが、キリコはとりあえず、いつも機嫌よさそうにはしている。

「キリコちゃん、どうかしたの？」

上司の富永先輩に言われてぼくは首を横に振った。

「知りません」

キリコはぼくの会社の清掃作業員である。ビル掃除のおばちゃんと言うには若すぎる十代後半。掃除用具を片手にうちのビルの中を縦横無尽に走り回っている。会うと、いつも元気に挨拶をするような子だから、富永先輩も気になったらしい。ぼくは比較的、キリコとは仲がいい方だ。

しかし、まあ、掃除というのはかなりストレスがたまる仕事ではないだろうか、と思う。たとえ、どんなにぴかぴかにしても、その次の瞬間から汚れていく。特に、自分が掃除するわけではない、と思うと、驚くほど大胆に汚す人間もいる。汚れたトイレや、灰皿の中など、ぼくたちができれば触りたくないとさえ思うようなところまで、彼女はいつもきれいにしているのだ。

(もうちょっとキリコには感謝しなきゃならないのかもなあ)

彼女の不機嫌に出会って、はじめてそう思うというのも情けないが、ぼくは頬杖をつきながら、そんなふうに考えた。

昼過ぎにトイレで会ったキリコは、少し様子が回復していた。トイレットペーパーをさっさと補充したあと、手早く洗面台を拭く。相変わらずの手際の良さに感嘆しながら、ぼくはキリコに話しかけた。

「今朝、ずいぶん機嫌悪かったじゃないか」

キリコはぷーっと頬を膨らませた。

「機嫌が悪かったなんて言わないでよ。怒ってたの」

「怒ってた？　なんで」

「それは今忙しいから、あとで話す」

そう言うと、キリコはトイレットペーパーの入った籠《かご》を持って、トイレから出ていってしまった。やはり、まだ機嫌はよくないらしい。

そのあとも彼女を見かけたが、なにやら忙しそうにせかせかしていて話しかけていいものかどうかわからなかった。相変わらず眉間には皺がぎゅっと刻まれているところを見ると、機嫌の回復は芳しくないようだ。

次の朝、出勤するとロビーでキリコに会った。全速力でロビーの絨毯《じゅうたん》に掃除機をかけている。こんな時間にロビーを掃除しているところを見たことがない。いつもはもっと早い時間のはずだ。

「寝坊でもしたのか？」

そう言うと、思いっきりにらみつけられた。

「寝坊なんかしないわよ！　ああもうむかつくー！」

むかつく、なんて若い女の子がよく言いそうな単語も、キリコの口から飛び出すとどきりとする。しかも、本当にむかついてしょうがないような口調だった。

「なんかあったのか？」

心配になって尋ねる。

「話したいのよ！　でも時間がないの。始業時間までにここ掃除しちゃわなきゃならないし、まだチェックしていないトイレもあるし……」

かなり忙しそうに掃除機を振り回している。

「落ちついたら、話してみろよ。相談に乗るよ」

そう言うと、少し手を止めて、やっと笑顔を見せた。

「ありがと、大介。いい人ね」

いつも通りのその笑顔を見て、ぼくはやっと安心する。

・

その日、残業をしているとやっとキリコがやってきた。ゴミ回収のカートを引っ張って、ゴミ箱の中身を放り込んでいる。

「こんな時間まで頑張っているのか？」

「今までかかっちゃったんだもの」

喋りながらも、手はてきぱき動いている。手際のいい彼女が、そんなことを言うのは珍しい。

「まだ、時間かかりそうか？」

「あと三十分くらいかなあ。ゴミだけなんだけどね」

「じゃあ、終わったら飯でも食いに行こうよ。おごるからさ」

「やったあ。でも、大介、待っていてくれるの？」

「いや、ぼくもあとそのくらいかかるからさ」

嘘である。本当は、もうほとんど終わっていたのだが、キリコを待っているというのもなんだか気恥ずかしい気がした。

「じゃあ、四十五分後に社員通用口で待ち合わせましょ」

「三十分後じゃないのか？」

「お化粧直しの時間がいるの。これでも高速なんだからね」

なるほど、女の子は大変である。

きっかり四十五分後にキリコは社員通用口に現れた。ピンク色の丈の短いセーターにジーンズ。ベルトには腕の長いサルのぬいぐるみが抱きついてぶら下がっている。相変わらず頓狂《とんきょう》な格好である。

ぼくらは近くのイタリアンレストランに入った。キリコは、肉体労働の若者らしい健啖《けんたん》家ぶりを発揮して、パスタを平らげつつ、ここ二日の不機嫌の原因について話してくれた。

「二階のトイレが水浸しだったのよ」

フォークをくるくる回しながら、彼女は言った。

「なんで？」

「そんなの知るもんですか。別に水道が壊れていたわけでもないし、なにかをこぼしたわけでもない。ただ、水浸しだったの。モップで水気を拭き取るのに、二十分近くかかったわよ。昨日だけなら、たんなるアクシデントかなと思っていたんだけど、今日もそうだったの。トイレットペーパーはびしょびしょで溶けているし、もう大変だったんだから」

「変だな」

「でしょう。帰るときはなんともなかったし、残業で残っている人がなにかしたのか、と思ったんだけど、二日続けてだなんて……」

「そのせいで仕事がずれこんで、あんなに忙しそうにしていたのか」

「そうなのよ。まったくいやんなっちゃう」

デザートのケーキまで平らげたキリコを見ながら、ぼくは少し安心した。

「なんだ。もっとひどいことが起こったんじゃなくてよかったよ」

キリコは頷いて、でも少し首を傾げた。

「うん、これ以上続かなきゃそれでいいんだけど……」

次の日、ぼくはいつもより少し早く目を覚ました。どうせだから、ラッシュも避けてしまおうと早く家を出る。三十分早く出ると、それだけで電車の混雑具合がまったく違う。他人と身体を押し合わなくていいというのは気分がいい。ならば、毎日早起きすればいいようなものだが、そう簡単にいかないのが人間の意志の弱いところだ。

会社について、自分の机に直行しようと思ったが、ふと、昨日のキリコの話を思い出す。たしか二階のトイレが水浸しだったと言っていた。まさか、三日も続けてそんなこともないだろうが……と思いつつエレベーターを二階で下りて、トイレを覗く。

「あ、大介！」

キリコは中でニットの腕をまくり上げて、モップをかけていた。

「また、水浸しだったのか？」

トイレに入ろうとすると、とたんにモップが目の前に突き出された。

「入っちゃ駄目！　トイレなら別の階のを使って！」

どうして、と聞こうとして、ぼくはやっと異変に気づいた。

トイレの床が黒く汚れていた。

何の汚れなのかはわからない。床全体が黒い水のようなもので濡れている。キリコがモップで磨いてはいるが、汚れはタイルの間にも染み込んだようになっていた。

「どうしたんだ？」

「知るもんですか」

キリコは不機嫌そうに言った。

「たぶん、墨汁かインクかなんかそういうものをこぼしたんだと思うわ。一度、水を流してモップで拭いて、やっとここまでましになったんだから。もう一回、濡れた綺麗なモップで拭いて、乾いたモップをかければ、大丈夫だと思うけど」

キリコは汗を拭って、大きくため息をついた。

「今日はロビーに掃除機かけられないわね。ここだけで一時間はかかっちゃうもの」

「昨日もこんな調子だったのか？」

「ううん、昨日とその前はただ濡れていただけ。でも早く気づいてよかったわ。気づかないで、人が入っちゃったら、今度は廊下まで汚れていただろうし」

たしかに、トイレから続く廊下には黒い足跡などひとつもない。ぼくは首を傾げた。

「じゃあ、こぼした人はどうやって出ていったんだ？」

キリコはぷうと口を膨らました。

「知らないわよ、そんなの。空でも飛んでいったんじゃないの？」

バケツでモップをぎゅうぎゅうと洗う。どす黒い水がバケツの中に溜まっていった。

「なんか手伝おうか？」

始業時間までには、まだ少し時間があるから聞いてみた。でも、キリコは首を横に振った。

「これがわたしの仕事だもの」

重そうなバケツを持ち上げて、掃除用具入れの流しで洗い、もう一度水を汲む。またモップでタイルを擦ると、やっとタイルは白に戻っていく。

これ以上ここにいても邪魔になるだけのようだ。

持ち場であるオペレータールームに行くと、すでにみんな出勤していた。なんとなく雑談にまかせてキリコの不機嫌の話をする。

「それ、同じ人がやっているのかなあ」

いちばん年かさのオペレーターである植田さんが、眉《まゆ》をひそめながら言った。

「二階のトイレの近くって、庶務とか医務室とか人の出入りが激しいわりに、あんまり残業で残っている人がいないからねえ。目撃者も期待できそうもないわね」

「それにトイレが水浸しになる理由ってなんかある？　冬なのに水浴びしたってわけでもないでしょう」

他のオペレーターの女の子も、不思議そうに首を傾げている。

「水浸しの次はインクか墨汁なんでしょ。汚れがひどくなっているわけだよね」

「梶本くん、そのトイレって男子トイレ？」

二宮さんに質問されて、ぼくは思い出す。

「今日は男子トイレでしたよ。昨日以前は知らないけれど」

富永先輩が心配そうにつぶやいた。

「キリコちゃん大丈夫かしら。ただでさえ、ひとりでこのビルを全部掃除するなんて、かなり大変だと思うのに、毎日そんなことがあると、やってられないわよね」

まったくである。いったいだれがそんなことをしているのだろうか。

昼休み、ぼくは屋上に行ってみた。キリコはよく屋上の日当たりのいい場所で昼食をとっている。

ベンチにいつもの赤いポニーテールを見つけて近寄ろうとしたぼくは、ふと足を止めた。彼女の隣に、背広姿の男が座っていた。

同じ会社の人間だろうか。後ろ姿では見当がつかなかったので、顔の見える場所に移動してみる。

整った横顔が見えて、ぼくは少し不機嫌になった。話したことはないが、たしか営業二課の社員ではなかっただろうか。いや、不機嫌になる理由はないのだが、気に入っている女の子があきらかに自分よりもてるタイプの男と話していて、機嫌よくなる男もいないだろう。

男はしばらくキリコと話をすると、ベンチから立ち上がって去っていった。

「よう」

後ろからキリコに近づいて声をかける。彼女は紙パックの牛乳を片手に首だけで後ろを向いた。

「あ、大介！」

キリコが笑ってくれたので、ぼくの機嫌は少し上昇する。

「今朝は災難だったね」

そう言いながら横に座る。キリコは音を立ててストローを吸い上げた。

「考えたんだけど……あれってわたしへの嫌がらせじゃないかと思うのよ」

いきなり彼女が言ったことに、ぼくは仰天する。

「まさか！」

「だって、大介が言ったじゃない。汚した人の足跡がないって……。だけど、トイレの床はまんべんなく墨汁で汚れていたの」

「自分の足を汚さずに出ることはできないね」

キリコは大きく首を振った。

「ううん、できるのよ。奥から手前にかけてゆっくり撒《ま》いていけばいいの。そうして、自分は後ずさりながら汚していって、そのままトイレを出れば自分の靴は汚れないわ。わたしがいつもそうしているもの」

「キリコが？」

「そう。モップをかけるとき。モップの後を踏んだら汚れちゃうでしょう。だから、そうやって奥から拭いていって、足跡をつけずにきれいなままトイレを出るの。いつもそうしている」

なるほど。たしかにそうすると足跡はつかない。でも、そうするとやはりその汚れはアクシデントではないということだ。だれかが意図的に汚している。

「だからって、嫌がらせだと決めつけるのは早すぎないか？　キリコに嫌がらせをしたい奴なんていないよ」

「そんなのわかんないわよ。どこで人の恨みを買うかなんてわからないもの。もしかすると掃除されると困るのかもしれないわよ」

キリコは口を尖らせた。

「掃除されると困る人なんているのか？」

「わかんないけど……」

キリコは紙パックを、コンビニの袋の中に入れるとため息をついた。

「ともかく、明日早起きして張ってみようと思うの。どうしてそんなことになるのかも知りたいし」

「じゃあ、ぼくもつきあうよ」

「ほんと、ありがと。大介！」

彼女は笑うとコンビニの袋を持って立ち上がった。

「じゃあ、わたし、まだ仕事があるから行くね」

手を振って去っていく後ろ姿を見ながら、ぼくはさっきの男について聞くのを忘れたことを思い出した。まあ、やきもちを妬《や》いていると思われるのも癪《しゃく》だし、忘れていてよかった、と言えなくもない。


「大介〜」

非常階段で二階に上がると、キリコのぼくを呼ぶ声がした。見れば、医務室のドアを細く開けて、手招きしている。

「遅い！　犯人とはち合わせちゃったらどうするのよ」

「遅いって言われても、普段よりも二時間以上早くきたんだぜ」

「わたしはいつも、この時間にはきているわよ」

改めて、キリコの働き者ぶりには驚かされる。もちろん、オフィス内を掃除するのなら、みんなの出勤前の方が都合がいいわけなのだろうが。

「とすると、まだなんだな？」

トイレを顎で指し示しながら尋ねると、キリコは頷いた。

「うん、今のところ、動きはないわ」

「昨日はこの時間には？」

「わかんない。気がついたのは八時過ぎてからだし……」

ともかく、この医務室からだとトイレに出入りする人がすべて見える。窓から飛び込んできたのでない限り、だれがトイレに近づいたのかは確実にわかるはずだ。

普段は庶務課があるため、結構ざわついている二階だが、早朝はさすがにしんとしている。今のところ人の気配はまったくない。

一時間ほど経つとキリコがそわそわしはじめた。

「わたし、もう、そろそろ仕事はじめなくちゃ。昨日のうちに今朝の分は済ませておいたけど、それでも外なんか汚れているし。一応、ほかのトイレもチェックしなくちゃいけないし」

「わかった。ぼくが始業時間まで見張っていてやるよ」

「さんきゅ。助かる〜」

キリコはそう言いながら、細い腕に不釣り合いな男物のGショックに目をやった。

「でも、おかしいなあ。昨日ならもうこの時間には汚れていたんだけど」

一応、確かめるためか、医務室を出てトイレを覗く。「異状なし」というふうに大きく頷いた。

当たり前だ。ぼくたちが見張っていて、だれもトイレには近づかなかったのに、汚れていればミステリーだ。

キリコはそのまま元気よく、非常階段を駆け上がっていった。ぼくの始業時間にはあと一時間近くある。早起きしたせいで眠いが、居眠りしないように目を見開いて見張ることにした。

十五分近く経ったとき、キリコの軽快な足音がした。非常階段の扉を開けて、大声でぼくを呼んだ。

「大介！」

血相を変えた、としか言いようのないキリコの様子に、ぼくは驚いて医務室から飛び出した。

「どうかしたのか？」

「ちょっときて！」

ぼくの腕を摑んで、非常階段を駆け上がる。キリコに引きずられるように、ぼくも続いた。キリコが向かったのは、ぼくの職場もある四階だった。そのままトイレに向かう。

彼女に指し示されるまま、男子トイレを覗き込んだぼくは、息を吞んだ。そこには昨日二階で見た、いやそれよりももっとひどい惨状があった。床だけでなく、便器や壁までも墨汁のようなもので濡れて黒く染まっていた。

ぼくはなんて言っていいのかわからず、キリコの顔を見た。彼女はきつく、唇を噛みしめていた。

「そんなことがあったの」

オペレーターの鴨川さんはぼくの話を聞いて、深くため息をついた。

「ちょっとひどすぎるわよね。このビルを掃除しているのはキリコちゃんだって、みんな知っているはずなのに。わざとやったのかしら」

「たぶん……」

トイレの惨状を見て、なぜキリコが「自分への嫌がらせだ」と言ったのかをぼくは理解した。そこには悪意があった。自然に汚れたのではなく、あくまでも「汚してやる」という意図の下に墨汁のようなものは撒かれたように見えたのだ。

「汚す」という行為がこれほど暴力的だと感じたのははじめてだった。

キリコはかわいそうなくらい、意気消沈していた。それでも、ぼくが「手伝おうか」と言ったのをきっぱり断り、清掃中の札を出して、そのまま掃除にかかった。眉間にきつく皺を寄せながら、それでも勇ましくモップを操って、床を磨き立てていった。

それだけにぼくは、今度の犯人に怒りを感じずにはいられない。

「だから、もしかして社内にキリコのことを嫌っている人はいないかと思って」

情報通の鴨川さんに相談してみたわけである。

「でもさあ、キリコちゃんって、わたしたちとちょっと年が離れているだけじゃなく、もともと妙にクールな子でしょ。あんまり社員の女の子と一緒に出かけたり、遊んだりってことはないじゃない。だから、恨むとか嫌うとかいうほど、深くつきあっている人っていないと思うんだけどなあ」

たしかにそうかもしれない。彼女が女子社員と仲良くしているところなど見たことはない。

「考えられるのは、梶本くんのことを好きな女の子がいて、仲のいいキリコちゃんにやきもち妬いたとか」

「まさか」

「そうよねえ。そんなわけないか」

自分では否定したものの、そうあっさり言われると、がっくりくる。

「キリコちゃんのことを好きで振られた男っていうのも考えられるけど、可能性があるのは梶本くんぐらいしか思い浮かばないしなあ」

「振られてません」

「たとえばの話よ」

たとえばの話でも縁起の悪いことを言わないでほしい。

「キリコちゃんのことなら、梶本くんの方が詳しいでしょ？」

うーん、とぼくは頭を抱えた。

「彼女、はぐらかすのうまいんですよ。だから、振られた男がいたとしても、そんなに致命的な振り方はしないと思うんです。あとあと恨まれるような……」

「なるほど、そうやって梶本くんもはぐらかされているわけね」

痛いところを突かれて、ぼくはむせた。

「ともかく、ちょっと探りを入れてみるわ。キリコちゃんがいなくなったら困るのは梶本くんだけじゃないしね」

少し前、キリコが猫の病気で長期にわたって休んだことがあったが、そのとき代わりにきた清掃作業のおばさんが手際が悪くて困ったことを思い出した。

「よろしくお願いします」

ぼくは鴨川さんに頭を下げた。

落ち込んでいても、仕事はいつもと変わらずある。入力する書類を預かってエレベーターでオペレータールームに向かう途中、五階でエレベーターが止まった。

入ってきた社員の顔にはどこかで見覚えがあった。彼も、あ、というような顔をしたのでつい、反射的に頭を下げてしまう。そのあとで思い出した。屋上でキリコと話していた男だ。

「キリコちゃんとよく話しているね」

言われて驚く。向こうもこっちのことを彼女の知り合いだと認識していたらしい。

「彼女？」

意外なことを聞かれて、目を見開いた。

「まさか。ただの友達ですよ」

ぼくの返事に、彼は肩をすくめるように笑った。

「そうだと思ったけど、一応聞いておこうと思ってね」

嫌な奴だ、と思った。キリコのことが好きなのだろうが、いい大人が、なにもそんな牽制《けんせい》するようなことを言わなくてもいいだろうに。

「キリコに聞けばよかったのに」

ぼくもつい、大人げないことを言ってしまう。

「彼女ははぐらかすのがうまくてね」

彼の認識もどうやらぼくと同じらしい。悔しいが、ぼくよりも上背はあるし、身体もがっしりしている。シャープな顎のラインや、はっきりした目鼻立ちは、だれが見ても二枚目の部類に入るだろう。

エレベーターが止まって、ぼくが降りると、彼はにやりと笑って片手を上げた。ぼくも一応頭を下げる。

社員証の松岡という名札が目に入った。


昼休みに屋上に行くと、キリコはいつものベンチに足を投げ出すように座っていた。ポニーテールもどこか力無く下がっているように見える。

元気出せよ、と言うのもわざとらしい気がして、ぼくは黙って隣に座った。

彼女は紙パックの牛乳を口から離して、大きくため息をついた。

「『バグダッド・カフェ』って映画知ってる？」

いきなり唐突な質問をされて、ぼくは面食らった。

「いや、知らないけど」

「砂漠の中の、ガソリンスタンド兼ドライブインみたいなカフェに、ひとりのおばさんがやってくる映画なんだけど」

キリコはどこか遠い目をしながら、話しはじめた。

「そのカフェは、それまでどこかすさんだような感じだったんだけど、そのおばさんがきたことで、少しずつ雰囲気が変わっていくのね。とてもハッピーであったかい感じになっていくの。で、そのおばさんが」

彼女はそこで大きく息を吐いた。

「お掃除が大好きだったの」

ぼくはやっとそこで、キリコがなにを話そうとしているのか理解した。

「汚いカフェ中を、おばさんがモップと箒《ほうき》を持ってぴかぴかに磨き上げていくと、それだけでなんとなく素敵な気分になって、ああ、お掃除っていいなあ、と思ったの」

今まで、キリコがなぜ、清掃作業員をやっているのか知らなかった。最初のうちは若いのに、ほかにいくらでも仕事はあるだろうに、と何度か思った。掃除が好きなんだろうな、とは思っていたが、こんな話を聞いたのははじめてだった。もともとあまり自分のことを話さない女の子なのに、やはりよっぽどダメージを受けているのだろうか。

「あんまり、気にするなよ。なんでそんなことをしているのかもまだわからないわけだしさ」

そう言うと、彼女は静かに首を横に振った。

「あの汚し方が嫌なの。どうしようもなく嫌な気分になるの」

たしかに、ぼくもあの汚し方からは暴力に似たものを感じ取った。実際労力を使って掃除をする立場のキリコにとっては、もっと不快だっただろう。

「なんか、嘲笑《わら》われた感じがしたの。いくら掃除したって、汚すのは簡単なんだって、言われている気がしたの。実際、一時間かけて掃除したって、一瞬で汚くすることができるんだもの」

ぼくはキリコになにを言うべきか考えた。うまいことばが浮かばない。

「でも、キリコが掃除しないと、もっともっと汚れていってしまうわけだろう」

「そうだけど……」

「嫌な気分になるのはしょうがないけど、そんなことで、自分の好きな仕事を嫌いになるのはもったいないないと思うけどな」

そう言うと、キリコは首を傾げてしばらく考えていた。

「そうよね。大介の言うとおりよね」

彼女の返事に、ぼくは少し安心する。キリコは、全身から嫌な空気を吹き飛ばそうとするように、大きく深呼吸をした。

「そういえば、営業の松岡だっけ。あいつと仲いいの？」

ふと、思い出してそう尋ねると、キリコは形のいい眉をきゅっとひそめた。

「仲いいって言うほどでも……。最近、たまにお喋りするんだけどね」

「ふうん」

やはりこういうことをさりげなく聞くのは難しい。自分のことばに嫉妬《しっと》の匂いを嗅ぎ取って、なんとなく嫌な気分になる。

キリコはそんなぼくの思惑に気づいているのかいないのか、平然と言った。

「最近よく、ご飯を食べに行こうとか、映画に行こうとか誘われるの。どうしようかな、と思っているんだけどね」

ぼくはなるたけ平静を装った。

「ふうん、いいんじゃないの。格好いいしさ」

キリコはしばらく黙っていた。空になった牛乳パックをコンビニの袋の中に入れるとこう言った。

「大介がそう言うのなら、ＯＫしちゃおうかな」

自分がもしかしたら、どうしようもないバカかもしれない、と気づいたのは、キリコが去ってしばらく経ってからだった。

知りたいことはやはり情報通の人に頼むに限る。というか、情報通の人間というのは、どういうルートでそれを手に入れてくるのだろうか。ぼくが鴨川さんから給湯室に呼び出されたのはその日の午後だった。

「梶本くん、キリコちゃんを恨んでいそうな人、いたわよ」

まるで森の物知りフクロウさながらである。ぼくは鴨川さんの情報収集能力に感謝した。

「営業の松岡くんって知ってる？」

いちばん聞きたくない名前を聞かされて、ぼくは呻いた。

「今日、知り合いになりました」

「あら、それはかわいそうというかなんというか」

「ほっといてください」

「じゃあ、知っていると思うけど、彼がどうやらキリコちゃんにご執心みたいなのね。かなーりー熱烈にアタックしているという話よ」

「キリコを恨んでいる人の話じゃないんですか？」

「だから、それで振られた梶本くんが、キリコちゃんを恨んでいる」

「かもがわさーん」

「冗談だってば、そんな情けない声出さないでよー」

情けない声を出したくもなる。ただでさえ、今日はいろいろダメージを受けているのだ。

「だからさ、松岡くんの元彼女が庶務課にいるのよ。彼女の方はまだまだ彼のことが忘れられないみたいなのね。彼女の方は結婚まで考えていたらしいから、無理ないって言えば無理ないんだけどさ」

「その子がキリコに嫌がらせをするかもしれないというわけですね」

「それともう一口、これは恨みって言うんじゃないけどさ」

「まだあるんですか？」

鴨川さんは自信たっぷりに頷いた。

「実を言うと、わたしはこっちの方があやしいと思っているのよ。うちにね、大きいビル清掃の会社が営業かけてきているらしいの。庶務の子の話だと、それもかなり大々的にプッシュしてきているらしいわ。直接頼んでいる人がいる、と断っても、それよりも安いコストでより綺麗にする、とかなんとか、何度も電話がかかってくるって言うのよ」

「それはあやしいけど……でも、清掃会社がそんなことまでやりますかね」

「わかんないわよ。キリコちゃんが嫌になって『やめる』と言い出したら儲けものだし、そうじゃなくても、そうやってあちこちを汚して、キリコちゃんひとりでは手が回らないようにするのが目的かもしれないし」

たしかにこんな不景気なご時世だ。契約ひとつ取るのに無茶なことをやる企業があってもおかしくはないが。トイレひとつ汚すくらいでは大した元手はかからないし。

「ともかく、ちょっと調べてみます」

ぼくは鴨川さんに礼を言って、給湯室を出た。

たしか、庶務課には最近、ぼくと同期の原西しのぶが異動になっていたはずだ。二階に降りると、すぐに原西は見つかった。非常階段あたりの目立たない場所に呼び出して話をする。

幸いなことに原西は、清掃会社のことには詳しいようだった。

「うん、ビル清掃の会社からはやけに電話がかかってくるよ。それも一社じゃないのよね」

「一社じゃない?」

「そう、三社ぐらいからかかってきているのよ。その中でも特に熱心なのは一社だけどね。ビル清掃会社と契約していない会社に営業かけまくっているのかなあ、と思っていたんだけど、どうやらうちを推薦した人が社内にいるみたいなのよ」

ぼくは眉をひそめた。その社員が、もしそのビル清掃会社と関係があるのなら、そいつにもキリコに嫌がらせをする動機があるということではないだろうか。

「まあ、キリコちゃんは実際よくやっていてくれるし、ビル清掃会社がいくら『格安にします』と言っても、彼女一人雇うのよりは高くつくし、なによりも気心が知れているしね。心配しなくても、キリコちゃんをやめさせて、ビル清掃会社と契約するなんてことはありえないわよ」

だからこそ、その会社はキリコにやる気を失《う》せさせるか、キリコだけではこのビルの掃除が手に負えないようにして、契約を取ろうとしているのかもしれない。

「それと、もうひとつ。営業の松岡の元彼女って知ってるか？」

「なあに、梶本くん、噂話なんて好きなの？」

原西は、不快そうに少し眉をひそめた。ぼくは慌てて、簡単な事情を説明した。

「ううん。そんな陰湿なことをしそうな女の子じゃないけどなあ」

原西はそう言いながらも、ぼくを庶務課の入り口まで連れていった。

「ほら、あそこのファックスのそばに座っている子。加古《かこ》さんって言うんだけどね」

原西の指し示した机には、たしかに髪が長くて小柄な、女らしいタイプの女子社員が座っていた。目が丸くてまつげの濃いところは、少しキリコに似ていると言えなくもない。

「たしかに、まだ、松岡さんのことは忘れられないみたい。彼の話になると、『あんなに女性に優しくて男らしい人はいない』って何度も言うもの」

「でも、松岡が振ったんだろう」

「うん。わたしも松岡さんのことは、ほとんど知らないけどさ。彼女は振られたのは自分が悪かったからだって言っている」

嫌な奴だとは思っていたが、別れた女性にそれほど恨まれていないところをみると、もしかすると女性から見れば、魅力的な男なのかもしれない。認めたくはないが。

「悪かったって、浮気でもしたんだろうか」

「まさか。加古さん、まじめでそんなタイプの女の子じゃないわよ。むしろ、かなり古いタイプの女じゃないかなあ」

「じゃあ、振られてもしょうがないほど、悪いことっていったいなんだろう」

「知らない。わたしだって、そんなこと根ほり葉ほり聞くほど、詮索《せんさく》好きじゃないもの」

たしかにこれ以上は悪趣味な詮索だ。結局あまり犯人を特定できるような情報は得られなかった。

「その、清掃会社にうちの会社を推薦した社員って名前はわかる？」

「今はわからないけど、今度電話があったら聞いておくわ。たぶん、教えてくれると思うわ」

「悪い、頼むよ」

ぼくは原西に礼を言うと、庶務課から立ち去った。

原西から内線電話がかかってきたのは、次の日だった。

「わかったわよ。ビル清掃会社にうちを推薦した社員」

「ありがとう。で、だれだって？」

「営業の松岡さん」

「は？」

意外な名前にぼくは啞然とした。松岡はキリコのことが好きではないのだろうか。

「でさ、あんまりこんなことは話したくないんだけどさ」

原西は電話の向こうで、咳払いをして声を潜めた。

「加古さんが振られた理由っていうのがね」

「なんだった？」

「部屋を汚くしていて、そこを見られたって言うのよ」

ぼくにはあの男の考えたことが見えた。キリコにはわからないだろう。けれどもぼくにはわかった。そうして、わかった自分が情けなくて、悔しかった。あの男の気持ちを少しだけでも理解してしまった自分が嫌だった。


「トイレを汚したのはあんただな」

非常階段に呼び出して、そう問うと、松岡は顔色も変えずに、そうだよ、と言った。思った通りだ。彼は少しも、自分が悪いことをしたなんて思っていない。自分の行為がキリコを傷つけたなんて、まったく考えてもいなかった。

松岡は長めの前髪を手でかき上げた。

「で、なにかい？　きみも明日から手伝うか？」

「ふざけるな」

胸ぐらを摑んでやりたかったけど、我慢した。こんな奴に触るのも嫌だ。

「最低だよ。あんたは」

「なんだって？」

松岡は眉を動かした。意外なことを言われた、という顔だった。

「じゃあ、きみは平気なのか？　好きな女の子が毎日便所を磨いているんだぞ。這《は》いつくばって、人のゴミを拾っているんだぞ。俺は嫌だ。そんなのは絶対我慢できない。好きな女の子がそんなことをしているのを黙って見ているなんて、男じゃないね」

思った通りだった。この男は、自分の好きな女の子にはお姫様でいてほしいタイプの男なのだ。彼女が理想のお姫様でいるかぎり、彼は彼女を守って、優しくしてあげるのだろう。だが、その女の子が理想のお姫様ではないと気づいた瞬間に、この男の愛情は冷めるのだろう。たとえ、それが「部屋が汚かった」という些細《ささい》な理由でも。

松岡は吐き捨てるように言った。

「掃除なんて、年食ったおばさんがやればいいんだ。なんでキリコちゃんがそんなことをしなくちゃならないんだ？　彼女ならほかにいくらでも仕事は探せる。わざわざビル掃除なんかしなくても、もっと手を汚さずにできて、給料のいい仕事がね」

「たとえそうでも、そんなことはキリコが決めることだ。ぼくたちがどうこう言うことじゃない」

「へええ」

松岡は腕を組んで、軽蔑《けいべつ》したようにぼくを見た。

「じゃあ、きみは好きな女の子が、這いつくばって人の汚物で汚れた便器を磨いていてもなんとも思わないのか」

「そんな言い方をするな！」

ぼくは掃除をしているキリコが好きだ。モップを抱えて元気よく走り回っている彼女が。すべてをぴかぴかにしていく彼女が。

「ああ、あれか。きみは女の子が惨《みじ》めなほど、そそられる、というタイプか。悪いけど、ぼくはそんなに悪趣味じゃない」

「てめえ！」

もう我慢できなかった。殴ってやろうと摑みかかったときだった。

「大介！　離れて」

急に声が響いて、ぼくは反射的に飛び退《の》いた。同時に激しい水音が響き、気がつくと目の前の松岡が、ずぶ濡れになっていた。

「キリコ！」

階段の上に、キリコが立っていた。両手でバケツを逆さまに持って。キリコは空になったバケツを腕にかけると、ゆっくりと階段を下りてきた。表情は静かだったが、その分、気迫が伝わってくるようだった。

「キリコちゃん！」

松岡は、狼狽《ろうばい》したような声を出した。

「たしかにきみには面倒なことをさせてしまったけど、ぼくの気持ちもわかってくれよ」

キリコは冷たい声で言った。

「あんたの気持ちって？」

「きみのことが好きなんだよ」

キリコは表情を変えなかった。

「きみには、這いつくばって人のゴミを拾うような惨めなまねはしてほしくなかったんだ。きみはそんなことにはふさわしくない女の子だ」

「やめろ！」

松岡は、大声を出したぼくをにらみつけた。

「うるさいな。今、ぼくがキリコちゃんと話をしているんだ」

そうして、また猫なで声を出す。

「きみは頑張りやだから、一度はじめた仕事に責任感を感じているんだろうけど。きみだったら、もっとやりがいのある仕事ができるよ。ぼくが探してあげる。なにも、掃除なんて人が嫌がる仕事なんかする必要ないんだ」

バケツを握ったキリコの手が、白くなっているのに気づいた。彼女は黙って、松岡に背を向けた。二、三歩階段を上り、そうして振り向きざまに、バケツを思い切り松岡の顔面に叩きつけた。

「あんたなんてサイテー！」

キリコはそう叫ぶと、そのまま背を向けて階段を駆け上がった。

「キリコ！」

ぼくは松岡なんかほったらかして、彼女を追いかけた。運動不足の身体には、階段はこたえる。彼女はすぐに見えなくなったけど、足音を頼りに懸命に追った。今、追いかけないと彼女がいなくなってしまうような気がした。

息を切らしながら、階段を屋上まで駆け上がった。屋上のフェンスにしがみついている彼女の後ろ姿をやっと見つける。

「キリコ！」

名前を呼びながら駆け寄る。彼女は泣いていた。肩を震わせて、小さくしゃくりあげながら。

ぼくはどうしていいのかわからなかった。彼女は傷ついたのだ。自分の仕事が貶《おとし》められたことに。

自分が毎日一生懸命やっていたことを、ひどいことばで貶められたことに。

ぼくは深く唇を噛んだ。

どうして、女の子も男と同じように、考えて、頑張って生きているということに気づかない男がいるんだろう。女の子はみんな、綺麗な服を着て真綿にくるんで大事にされたいと思っているなんて、考えてしまう男がいるんだろう。

松岡は自分のことばに、キリコが泣き出してしまうほど傷つくなんて、きっと考えもしなかったんだろう。

「キリコ……」

ぼくはハンカチを差し出した。彼女は受け取ろうとはせず、ただ泣きじゃくっているだけだった。ぼくは彼女を慰めることばを探した。

きみの仕事は大切な仕事だ。きみの仕事がなければ、ぼくたちは毎日を快適にすごせない。キリコ、ぼくはきみの仕事が好きだ。

どれも真実だったけど、どこか軽々しすぎるような気がして、ぼくは口にはできなかった。

掃除ばかりやらされていたシンデレラは、王子様のお眼鏡にかない、お城で着飾って暮らすことになった。けれども、シンデレラがやっていた仕事が泡のように消滅したわけではない。

シンデレラがいなくても、日々を暮らせば家は汚れる。シンデレラの住むお城だってそうだ。お伽噺《とぎばなし》は、都合の悪いところはすべて見ない振りをしている。

キリコは、喉の奥から絞り出すようにしゃくりあげていた。

ぼくは彼女にハンカチを押しつけるようにして言った。

「キリコ、床が綺麗になっていくのは楽しくなかった?」

彼女のしゃくりあげが止まった。ぼくは続けて言った。

「鏡をぴかぴかに磨き上げるのは? ワックスを掛けて新品みたいになった廊下は?」

そう、どれも彼女が、ぼくに楽しい、と言ったことのあることだった。

キリコはぼくのハンカチを受け取った。それでぎゅっと涙を拭った。

CLEAN.8

史上最悪のヒーロー

この世に、勇気のないヒーローなんているのだろうか。

もし、いたら、それは史上最低のヒーローだろう。


弁当箱の蓋を開けて、ぼくはかすかにため息をついた。

ステンレスの二段になった弁当箱の、上の段にはつやつやとしたご飯、下の段にはきれいに詰め合わせたおかずが入っている。蜂蜜色の卵焼き、アーモンドを衣にまぶした揚げ物、バターで煮付けた人参《にんじん》と大根、色鮮やかなブロッコリー。

それ自体は、とてもおいしそうだった。午前中の労働をこなした身体が、早く食べたいと信号を送っている。けれども、なにかが、ぼくの心にずしりと重石《おもし》をかけていた。

彼女は朝、何時に起きて、これを作ったのだろうか。ぼくが起き出した頃には、この弁当は、もう可愛らしい保冷パックに包まれて、テーブルの上に置いてあった。

何事も、そつなくこなす人だから、たぶんそんなにつらくは感じていない。そう考えて、それから、自分がそんなことを考えてしまったことで、自己嫌悪に陥った。

「あら、梶本くん、愛妻弁当ね」

顔を上げると、富永先輩が、覗き込んでいた。ぼくは、あわてて、弁当箱に蓋をした。

「あら、なにも隠さなくてもいいのに。照れちゃって」

「いや……その……っ」

隣には二宮さんもいて、ぼくに小さく手を振った。

この春、ぼくはオペレータールームから離れて、営業二課の勤務になった。単に、エレベーターを下りるのが、四階から三階になっただけだと思ったのに、それは全然違う空間だった。仕事が立て込んでいても、オペレータールームには、いつものんびりした空気が漂っていた。その緩やかな空気は、ここにはない。

グラフで書かれた営業成績と、常に部屋のどこかで鳴っている電話。ゆっくり座ってお茶を飲むことすら、気が咎《とが》めるほど、なにかに急《せ》き立てられているような気のする場所だった。

もちろん、嫌なことばかりではないのだ。営業にまわるようになってから、仕事の輪郭は、今までより数段リアルに感じられるようになった。単なるルーチンワークではなく、自分が会社の末端を担っているのだという実感は、なにものにも代え難い。

もしかすると、この、常になにかに急き立てられたような感覚は、単に職場が変わったからという理由ではないのかもしれない。

ぼくは唐突にそう思う。

桜が散り始めた頃、ぼくたちの会社から、ひとりの女の子が姿を消してしまったから。

「元気そうでなによりね」

富永先輩の声で、ぼくははっと我に返った。

「ええ、おかげさまで……。ご心配かけてすみませんでした」

この数ヶ月で変わったのは、職場だけではない。ぼくの母が、あっけないほど急な病で、この世を去った。そうして、動揺したぼくは、そのときいちばん身近にいてくれた女性と、結婚することにした。

今まで、女性にプロポーズして結婚するなんて、人生の一大事のように考えていた。けれども、なにもかもが、ひどくあっけなく、現実感のないまま進んだ。

もちろん、彼女のことが好きでないはずはない。胸を張って、とても大事な人だと言える。

けれども、どこかになにかを置き忘れてしまったような、この不安感はなんなのだろう。

「お母さんのこと、大変だっただろうけど、そんなおいしそうなお弁当を作ってくれる奥さんがいるのなら、大丈夫よね」

富永先輩のことばに、ぼくは、なるたけ明るい顔で頷いてみる。

「式は？　喪が明けてからするんでしょ？」

「ええ、そのつもりです」

そう言いながらも、ぼくはひどく落ち着かない気分になる。本当に、ぼくにはその権利があるのだろうか。

どうやら、ふたりは大量の書類をオペレータールームまで持って帰るらしい。ぼくは、弁当を食べるのを後回しにして、手伝うことにした。

エレベーターを待っているとき、二宮さんが、ぽつんと言った。

「わたし、大ちゃんは、キリコちゃんに振られたんじゃないか、と思ってた」

「二宮さん」

富永先輩が、咎《とが》めるような声を出す。ぼくはあわてて言った。

「そんなんじゃないですよ」

「キリコちゃんに振られて、彼女も居づらくなって、ここを辞めて、そうして大ちゃんも自暴自棄になって、好きでもない人と結婚したんじゃないかって……」

「二宮さん、そんなことは……」

「そんなことないですってば」

わざと笑いにごまかして言う。真剣に咎める富永先輩に、ぼくはよけいに傷ついた。せめて、冗談にしてくれれば笑い飛ばせるのに。

二宮さんは、「うん」と小さく頷いた。

「そう、植田さんに言ったらね。植田さんが、『大ちゃんは、絶対そんなことをする男じゃない』って言ったの。それを聞いて、わたしも反省したわけです」

重かった空気が、ふうっと軽くなる。ぼくもほっと胸を撫で下ろした。

けれども、彼女のことばは、ぼくの胸の奥をちくりと刺した。

エレベーターがやっとやってくる。乗り込みながら、富永先輩がつぶやいた。

「でも、キリコちゃんは本当に、どこに行ってしまったのかしら」

ぼくはわざと聞こえないふりをした。

キリコ。きみに伝えたかったことばは、伝えられずに胸の中で重く変質していく。

ぼくは一生、この重苦しい荷物を抱えたまま生き続けるのだろうか。


仕事を終えて、帰った家には明かりはついていなかった。

よくあることだから、別に驚きはしない。ネクタイを外しながら、リビングの明かりを自分でつけた。

テーブルの上にはラップがかかった料理が並んでいる。そうして、その横に一枚のメモ。

「お祖母さんのところへ、行ってきます。レンジで温めて食べてください。お鍋には味噌汁、冷蔵庫には冷や奴があります」

ぼくは、視線をテーブルの上へ移動させた。並んでいるのは、じゃがいもと鶏肉の煮物と、唐辛子を入れて甘辛く炒《いた》めたさやいんげん。冷めているせいか、どこかそれはそらぞらしく感じられて、レンジに持っていく気にもなれなかった。

冷蔵庫から、ビールだけ出して、椅子に座る。

彼女を責める理由などなにもない。妻は、なにひとつ悪くない。ぼくにはもったいないような人で、それなのにぼくのために、なんでもしてくれる。

罪はすべて、ぼくの上にある。だからこそ、ぼくは腹立たしくて仕方がないのだ。

空腹のせいか、アルコールは急速に全身を駆け回り、ぼくはテーブルの上に突っ伏した。

泣きたいような気分だったけど、それでも泣く理由なんか、どこにも存在しない。

ただ、アルコールと暗い気分がミックスされて、ぐるぐると全身をかきまわしていく。

そのまま、ぼくは、うとうとと居眠りをして——そうして、キリコの夢を見た。

それは、彼女と知り合って、まだそれほど経たない頃のことだった。

ぼくと彼女は、ファミリーレストランで向かい合っていて、そうして、ぼくは彼女と一緒にいることに緊張していた。なんとか、彼女を楽しませる話題を探した。

キリコはその日、藤色の大きなバッグを持っていた。

「きれいな色だね。その鞄」

女の子を楽しませようとするとき、彼女の持ち物を誉めるなんて、ありふれたやり方だ。

彼女はそれを手にとって、にっこりと笑った。

「でしょう。お気に入りなの、これ」

鞄を撫でる手が、やはり少し荒れていて、ぼくは彼女の仕事を思う。

「軽くて、たくさん入って、ナイロンだから安くて。汚れても、洗えばすぐにきれいになって、それなのに可愛くて、どんな洋服にも合って」

そう言ってから、彼女はオレンジジュースのストローを弄《もてあそ》んだ。

「人間も、そんなふうだといいよね」

ぼくは、それに対して、なにかうまいことが言えたのだろうか。それとも、ただ、そうだね、と言っただけだったのか。そんなことはなにも思い出せなくて、ただ、彼女の少し八重歯の覗いた笑顔だけが、ぼくの記憶に焼き付いている。

ナイロンバッグみたいに、タフで身軽で、清潔な人間。

ぼくはそんなふうには、絶対なれないだろう。

目覚めたときには、すでに真夜中だった。

テーブルの料理は片づけられて、ぼくの背中には柔らかなブランケットが掛けられていた。

妻はたぶん、帰ってきて、もう眠ってしまったのだろう。手をつけられないままの料理を見て、どう思ったのだろうか。忙しい中、時間をやりくりして、作ってくれたのだろうに。

ぼくは、なんとも言えない気分で、寝室のドアを見つめた。

今更、寝室に行く気にもなれず、ぼくはそのまま、朝までリビングで眠った。


その会社は、古いビルの三階にあった。

昭和の初め頃の建築だと、一緒に行った上司が言った。煤《すす》けてはいるが、モダンで洒落《しゃれ》た外観と、旧式のエレベーター。はじめてきたのに、どこか懐かしいような印象を与えるビルだった。

床は板張りで、歩くとぎしぎし鳴った。上司は、「小学校を思い出すなあ」と言って笑った。ぼくの行っていた小学校は、もうこんな床ではなかったような気がする。

はじめての会社だから、今日は担当者に挨拶をするだけだ。気のいい年輩のおじさん、という感じの人で、なごんだ雰囲気のまま、仕事は終わった。

この先、上司とは別々の場所へ向かうことになっている。ぼくはエレベーターの前で上司に言った。

「トイレに行きますので、先に行ってください」

また後で、と挨拶を交わしてから、ぼくはエレベーターの横にあるトイレに入った。朝から、不規則な腹痛に見舞われていて、調子が悪かった。

トイレも年代を感じさせる作りだったが、とても清潔で、ぼくはほっとしながら個室に入った。白く磨き上げられた便器や、きっちりと乾拭《からぶ》きされた床、窓から日差しが差し込んできて暖かい。そういえば、うちの会社のトイレには窓がない。

なんとなくなごんだ気分になって、大きく息を吐いた時だった。

トイレにだれかが、入ってくる気配がした。別に不自然なことではないが、違和感があった。鈍い金属が、なにかにぶつかる音や、勢いよく水を出す音。

すぐに気がついた。掃除の人が入ってきたのだと。

その考えは、すぐにキリコのことへと繋がる。ぼくは、力無く、トイレの壁にもたれた。

彼女はいつもぼくや、ほかの人たちを助けてくれた。けれども、ぼくは、できることなら、彼女のヒーローになりたかったのだ。ほら、漫画などによくいるではないか。普段は頼りなくて、人にバカにされていた男が、いざというときに勇気を振り絞り、好きな女の子のために、持てる力をすべて出すのだ。

けれども、そんなのは、たぶん、漫画の中だけの出来事だ。頼りない男は、生涯頼りない男のまま、うだうだ下を向いて生きていくのかもしれない。

ドアの外の清掃作業員は、手際よく清掃をしていく。彼、もしくは彼女のたてる音だけで、それは想像がつく。ゴミを捨て、トイレットペーパーを替え、洗面台を磨き、床にモップをかける。

ぼくは、トイレの壁にもたれたまま、その音を聞いていた。

自然に、音に合わせて、キリコの姿を想像してしまう。彼女はいつも、楽しそうにトイレを掃除していた。ときどき、鼻歌を歌いながら。

その瞬間、ぼくは身体を強ばらせた。

鼻歌が聞こえていた。耳をすまさなければ聞こえないほど、かすかな声だったけど、水の音に紛れながら、とぎれとぎれに。

そんなはずはない。ぼくは自分に言い聞かせた。

キリコのことを考えるあまり、聞こえたような気になっただけだ。彼女がこんなところにいるはずはない。

水音が止まり、またアルミのバケツに物がぶつかる音がした。

そうして、足音はトイレを出ていく。ぼくはあわてて、個室を飛び出した。

もうトイレにはだれもいない。飛び出して、辺りを見回すが、そこで働いている社員が数人、コーヒーの自販機の前で喋っているだけだった。

鮮やかな服を着て、髪を高く結い上げた女の子の姿など、どこにもなかった。

ぼくは、大きく息を吐いた。

頭が、がんがんと痛んだ。


その日、ぼくはわざと仕事を長引かせて、会社に残った。

本当は、急ぎの仕事などなかったから、さっさと切り上げて帰ることはできたのだ。それでも、ぼくは帰る気にはなれなかった。

帰って、妻と一緒に夕食をとると思うと、それだけでひどく胸が重苦しくなった。空虚な会話だけが繰り広げられ、ぼくは少しも核心に切り込むことができない。そんな風景しか想像できないことが、ぼくの胃を重くした。

彼女は少しも悪くない。ぼくが、わざと帰りを遅くしていることを知ったら、ひどく傷つくだろう。怒って、出ていってしまうかもしれない。

その方がいいのかも、などと考えてしまい、ぼくの自己嫌悪はいっそうひどくなる。

終電ぎりぎりまで、会社で粘り、ぼくはやっと社を出ることにした。がらんとした玄関ロビーには、さすがにもうだれもいない。そういえば、よく、こんな時間にキリコに会った。

自分の身体より大きなカートを引いて、ゴミを集めていたり、激しい騒音をたてる業務用の掃除機を、すいすいと操っていた。

今更ながらに、ぼくは自分が、どれだけ彼女のことを好きだったかを知る。会社にくれば、キリコが楽しそうに働いていた。そんな些細なことが、どんなに大切だったのか、今になって気づいたのだ。

あの頃、ぼくの彼女に対する気持ちは、どこかもどかしくて、くすぐったいような感じだったけど、それは紛れもなく幸せな感覚だった。

できることなら、きみに告げたい。「本当に大好きだったのだ」と。

けれども、今のぼくにはその権利がない。

とぼとぼと終電に乗って、マンションに帰った。もちろん、部屋にはもう明かりはついていなかった。

妻と顔を合わせずにすんだことに、ぼくは少しだけほっとする。

テーブルの上には、またメモが置いてあった。

「焼き鮭とお漬け物が冷蔵庫に入っています。お茶漬けでもするなら、食べてください。待ってたけど、明日も早いから、もう寝ます」

待ってたけど。その一文に、胸を突かれて、ぼくは心の中で妻に何度も詫びる。

きみが優しければ、優しいほど、ぼくの心は混乱し、歪んでいく。自分でも、どうしていいのかわからないのだ。

それでも、ぼくはその夜は、彼女の隣で眠りについた。妻の寝顔はひどく穏やかで、ぼくはそのことに、少しだけ癒《いや》される。


次の日、ぼくは昨日訪問した会社にまた向かった。

本当は、行く理由などなかった。それでも、あのときの鼻歌が耳に焼き付いて離れなかった。

ぼくの幻聴ならばそれでいい。笑い飛ばして、すっきりできる。

地下鉄に揺られながら、ぼくはやけに自分が明るい気分になっていることに気づいた。

あの会社で、キリコが働いていたら。

清掃作業員なんて、おじさんやおばさんしかいないと思っている人たちは、彼女を見てびっくりするだろう。そうして、頭の固い一部の人は、彼女の格好に眉をひそめる。

それでも、彼女の笑顔と、鮮やかな働きぶりは、少しずつ人々の戸惑いをほぐしていき、気がつけば、彼女はあの古いビルに、なくてはならない存在になっているのだろう。

そう考えるだけで、自然に笑顔になる。それがただの勝手な想像に過ぎないことはわかっているのに。

地下鉄は駅に着いた。昨日と違う出口から出たせいで、少し迷ってしまったが、無事に昨日の会社の前に辿《たど》り着く。

だが、そこまできて、ぼくははたと考え込んでしまった。

ただ、黙ってそこのビルに入ることは簡単だ。昨日のように、トイレに入って、ぐるっと一回りして帰ってくるのも。だが、それでキリコの痕跡《こんせき》がなかったからといって、彼女がここで働いていないという証拠にはならない。

やはり、このビルで働いている人に尋ねるしかない。派手な格好をした若い女の子が、ここで清掃の仕事をしていないか、と。しかし、そんなことを聞いて、不審に思われないだろうか。

考えはぐるぐると同じところをまわるだけで、先へ進まない。

ぼくは深いため息をついた。やはり、帰った方がいいのかもしれない。こんなところに、彼女がいるはずがないのだ。

決心して、背を向けたときだった。

がらがらと、車輪を転がすような音がした。はっと振り返れば、隣のビルとの空間をゴミ回収のカートが、進んでいた。ビルの奥にゴミ捨て場があるのだろう。そうして、その向こうに、高く揺れるポニーテール。

考える前に、呼んでいた。

「キリコ！」

彼女は振り返った。ぼくを見て、目がまん丸になる。

ぼくは彼女に駆け寄った。彼女はいきなり駆け出した。カートを置き去りにして、逃げ出すように。

カートに阻まれたせいで、後を追うこともできなかった。

彼女の姿はあっという間に見えなくなる。

ぼくはその場にしゃがみ込んだ。カートのゴミの匂いが鼻につき、泣き出したいような気分になる。

今日は早く帰ったのに、妻はいなかった。

夕刻の薄暗い部屋の中、一枚のメモが置いてあった。

「少し考えたいことがあるので、実家に帰っています」

全身から力が抜けるような気持ちで、ぼくは椅子に座り込んだ。炊飯器の蓋も開いたままだから、食事の支度もしていないのだろう。

ぼくはしばらく、妻の、几帳面な字を見つめ続けていた。

彼女の実家の電話番号は知っている。電話して、帰ってきてほしいというのは容易《たやす》いことだ。けれども、そのことばには嘘の匂いが感じられて、ぼくはいっそう、深く椅子に座り込む。

どう考えても、彼女はぼくなんかと結婚しない方がよかったのだ。

ぼくはテーブルに顔を押しつけた。頬が痺《しび》れるほど冷たくて、それが少しだけ心地よかった。

ずっと、ヒーローになりたいと思っていた。普段は頼りなくても、いざというときに、本当の力を発揮するような。

けれども、ヒーローに必要なのは、なによりも勇気だ。勇気さえあれば、多少弱くて情けなくて、無鉄砲でも、それなりに格好良く、誠実に見えるだろう。

ぼくには、勇気がないから、ヒーローにはなれそうもない。もし、ぼくがヒーローなら史上最悪のヒーローだ。ビデオや映画館で、見ている客たちは、ブーイングを起こすに違いない。

ポップコーンやコーラを、画面の中のぼくにぶつけ、文句を言いながら、映画館を出ていくのだろう。

その風景が頭に浮かんで、ぼくは少し笑った。

昼休み、ぼくは風の吹きすさぶ屋上で、ぼんやりとしていた。

コンビニで買ったメロンパンはパサパサで、牛乳でなんとか喉に流し込む。風は容赦なく、ぼくの頰を打った。

「よう、新婚さん」

いきなり声をかけられて振り返ると、そこには富永先輩が立っていた。ぼくと同じようにコンビニの袋をぶら下げている。

ぼくは、尻を移動させて、場所を空けた。富永先輩は笑顔でそこに座った。

「どうしたの。元気ないじゃない」

「はあ……」

彼女の視線は、メロンパンの袋に吸い寄せられた。

「どうしたの？　愛妻弁当は？」

「彼女、実家に帰ってしまったんです」

先輩は、あらまあ、という目をした。ぼくは自虐的な気持ちになって、へへへと笑った。

「喧嘩でもしたの？」

「喧嘩はしてません。でも、ぼくが悪いんです」

なにもかも喋りたいような衝動に駆られ、メロンパンの袋をぐしゃぐしゃにする。

「ぼく、祖母がいるんです。もう五年くらい寝たきりの」

先輩が黙って話を聞いていてくれるのをいいことに、ぼくは喋り続けた。

「頭ははっきりしていて、そういう意味では元気なんですが、ひとりでは起きられなくて、介護が必要なんです。もともと、女手ひとつで父を育てた人で、気が強いから、母がずっと苦労して、介護していました。ぼくと父と兄は、『仕事があるから』という理由で、母にすべてを押しつけていたんです。母は朝から晩まで、祖母に振り回されて、働きづめに働いていました」

　母のことを思わなかったわけではない。けれども、現実的に考えても、ぼくや父が仕事を辞めてまで、祖母の介護をするのは無理だった。兄は仕事で遠方に住んでいる。それに、たぶん、そんな時間は長くは続かないと信じていたのだ。冷たいかもしれないが、祖母はもう高齢だからそんなに長くは生きられない。母はすぐに自由になる。

「けれども、母さんは、先に逝ってしまった」

　あっけないほど、簡単に。自由になれないままで。まるで、疲れ果てて、人生から下りてしまったかのように。

　先輩はなにも言わなかった。下手に慰められないのがありがたかった。優しすぎることばを聞いたら、ぼくはきっと泣き出してしまっただろう。

「母さんがいなくなって、ぼくと父は困り果ててしまった。祖母の介護は、他の仕事と違って、休むことができないから。それに、祖母はとてもプライドの高い人で、病院に入ることも、ヘルパーなどの身内でない人に面倒をみられることも、ひどく嫌うんです」

　そうして、ぼくは苦い物を吐くような告白を口に出す。

「ぼく、だから結婚したんです」

他人がこんなことを言っているのを聞いたら、ぼくは間違いなく、その人間を軽蔑するだろう。けれども、これが事実だ。紛れもない本当のこと。

ぼくと父には女手が必要だった。祖母の介護をしてくれる女性が。

富永先輩が、はじめて口を開いた。

「でも、奥さんはそれを知ってて、梶本くんと結婚したんでしょう」

ぼくは頷いた。とても優しい人だから、困っているぼくを見過ごすことはできなかったのだろう。ぼくの家庭の事情を知って、それでもいいと言ってくれた。

「でも、やっぱり、そんなふうに結婚するなんて、間違っていたんです」

母のことを愛していたのに、ひとりだけに重荷を背負わせて、押しつぶしてしまったように、ぼくは自分の妻になった人にまで、重荷を背負わせてしまった。

元気だった頃、母はときどき、つぶやいた。旅行にでも行きたいねえと。連れて行ってあげたいと思ったけれど、祖母の介護がある限り、それは難しいことだった。また、いつか、と心でつぶやくだけで、ぼくは母のそんなささやかな願いすら、かなえてあげられなかった。

そして、そんな生活を、また別の人に押しつけようとしているのだ。

富永先輩は、しばらく黙っていた。足を組んで、視線を空に向ける。

「ねえ、梶本くんは、奥さんのこと愛してる？」

いきなりあからさまなことを言われて、ぼくは絶句した。

「おっと、わたしに言わなくてもいいわよ。のろけを聞かされるのはごめんだし、実は愛してないとか言われても困るし」

からかうような口調で、富永先輩は笑った。明るい声が、心の錘《おもり》を少し取り去ってくれる。

「それを考えたら、自ずと答えは出るんじゃないかしら」

先輩の言うとおりだ。ぼくは小さく頷いた。

いきなり背中をどん、と叩かれた。先輩が、笑顔のまま立ちあがる。

「元気出しなさい。悩んでいるだけより、できることがあるはずよ。それにね」

片目を細めて、彼女は笑う。

「人に重荷を背負わせて、忘れてしまったり、自分には関係ないと考えてしまう人なんて、この世にたくさんいるのよ。だから、そんな人より、梶本くんはずっとましよ」

自然に口が動いていた。

「でも、行動が伴わなければそんな人たちと同じです」

富永先輩は肩をすくめて見せた。

「わかってるじゃん。じゃあ、次はどうするの？」


まだ、間に合うのだろうか。

まだ、取り返しがつくのだろうか。ぼくは心の中で何度も繰り返す。

今から駆け出しても、決定的瞬間を逃さずにすむのだろうか。

史上最低でもかまわない。せめても、最後に情けないなりに勇気を振り絞って、エンドロールの前に、ピンチの場へ駆けつけることができるのだろうか。

ぼくはキリコのことを考える。いつも笑っていた彼女のことを。

どんなふうに問題を組み立てても、答えは必ず一緒になる。

ぼくは彼女が好きで、そうして、彼女と一緒にいたいと思っている。


ドアフォンを鳴らしてから、ぼくはポケットから鍵を出して、ドアを開ける。

ダンボール箱が積み重ねられた玄関先、懐かしい家の匂いが鼻をかすめた。玄関にはだれも出てくる様子がない。靴を脱いで、中に上がった。

まっすぐに奥の部屋に向かう。

「おばあちゃん」

声をかけながら、襖《ふすま》を開けた。

「大介じゃないかい」

うれしそうな声が上がるが、ぼくは瞬時に、祖母の機嫌があまりよくないことを悟る。機嫌の悪いときですら、祖母はいつもぼくに優しい。けれど、その分、祖母の不機嫌を押しつけられるのは、いつも母だった。

畳の部屋に置かれた、不釣り合いな電動ベッド。祖母は、半分身体を起こした状態で、テレビを見ていた。膝の上には黒い猫が香箱《こうばこ》を組んでいた。

「よくきたね。仕事はもう終わったのかい」

「うん、今日は残業がなかったから、すぐ帰れた」

会社から、ぼくは直接、祖母の家へきた。ブリーフケースを廊下に置いて、ベッドに近づく。

「あの人は、どうしたんだい」

妻のことだ。声に滲む不機嫌に、ぼくはあえて気づかぬふりをした。

「どうしたって？」

「昨日からきてくれないんだよ。代わりだと言って、ヘルパーの人がきたけれどもね。放ったらかしにされたままだ」

祖母は、猫を撫でながら、不満げにそう言った。たぶん、ぼくに同調してほしいのだろう。かわいそうなおばあちゃん、と言ってほしいのだろう。

ぼくはそれには答えず、祖母に尋ねた。

「お父さんは？」

「ああ、仕事が忙しいみたいで、帰りが遅いんだよ。十時過ぎるんじゃないかねえ」

ちゃんと言わなければならない。ぼくは何度も自分を奮い立たせる。たぶん、この人は怒るだろうけど、きちんと告げなければならないのだ。

「彼女のことなんだけど」

祖母の目が不思議そうに細められる。ぼくは粘つく喉から、声を出した。

「やっぱり、彼女ひとりにまかせるのは無理だと思う」

祖母の眉がきゅっと寄った。祖母は、自分の介護の話をされるのを、ひどく嫌う。まるで、そんなことは当然で、それが大変だと考えるなんて、優しさが足りないと言いたげに。そう考えたい気持ちもわかるのだ。祖母がそうなったのは、だれのせいでもないのだから。

「ぼくも、なるべく残業は勘弁してもらって、こっちにくるよ。それに、父さんとも、きっちり話をして、なるたけ協力してもらうことにしよう。それと、毎日とは言わなくても、週のうち何日かはヘルパーさんにきてもらうことにして……」

「お金がいくらかかると思ってるんだい」

祖母のことばに、ぼくは首を振る。

「お金の問題じゃない。もう、母さんがいたときとは違うんだから」

いや、そうではない。母がいたときも、もっと早く気づくべきだったのだ。家族だから、なんて理由で、すべてを背負わせてはならなかったのだ。

「そんなことをしなくても、あの人はうちの嫁だろう。やってもらえばいいじゃないか」

祖母の声が冷ややかさを増す。ぼくは、なるべく祖母を怒らせないように、優しい声で言った。祖母の不機嫌を察したのか、黒猫は、ベッドから飛び降りて、部屋を出ていく。

「駄目なんだよ」

「どうして」

「彼女には、好きな仕事がある。それを続けさせてあげたいんだ」

ふいに後ろから、よく通る声がした。

「ありがとう、大介。わたしからも話すわ」

振り返ると、そこにはキリコが立っていた。胸にしっかりと、黒猫の兄《にい》やんを抱いている。

「キリコ！　実家に帰ったんじゃなかったのか？」

「帰ってた。でも、答えが出たから、戻ってきたの」

キリコは近づいてきて、兄やんを祖母の膝に乗せた。

「おばあさま、彼の話した通りなの。わたし、仕事を続けたいの。ちょうど、一日、三、四時間でもいいから、と言ってくれる仕事先があったから、そこに行きたいの。そのくらいなら、いいでしょう。それ以外の時間は、きちんとおばあさまのお手伝いもするから……」

キリコは、祖母の膝に手を置いて、そう訴えた。祖母はすっと目をそらす。

「桐子さん。あなた、そんなことは全部わかって、うちの嫁にきたんじゃないのかい。それなのに、今になって、そんなわがままを……」

ぼくは思わず言っていた。

「わがままなんかじゃない！」

自分がそうしたいと思ったことを、実行しようとするのはわがままではない。だれにだって、その権利はあるのだ。

キリコは、祖母の手を握った。

「ねえ、おばあさま、わたし、おばあさまのことが好きよ。お世話をするのも、別に嫌じゃない。でも、でもね。それだけじゃ、どうしても息が詰まるの。息苦しくなるの。もしかしたら、おばあさまや大介のことを、少しずつ嫌いになってしまいそうな、そんな感じがして、すごく嫌なの」

ぼくも、祖母の顔を覗き込んだ。

「おばあちゃん。やっぱり、重い荷物はみんなで手分けして持たなきゃだめなんだ。ひとりの背中に背負わせちゃいけないんだ」

ぼくは母のことを思うたび、胸が締め付けられるような気持ちになる。もう、こんな気持ちにはなりたくないのだ。大好きな人のことを、キリコのことを思うたび、つらくなるのはごめんだ。

兄やんが、祖母の膝の上で、なーん、と鳴いた。まるでなにかを言おうとしたみたいだった。

祖母は、兄やんを撫でながら、彼に言った。

「やれやれ、仕方ないねえ」

キリコは笑って、祖母の首にかじりついた。

「ありがとう。おばあさま、大好きよ」


父が帰るのを待って、ぼくとキリコは祖母の家を出た。

歩いて十分ほどの、自分たちのマンションへと帰る。兄やんは、祖母の家に預かってもらっている。寝たきりの祖母にとって、兄やんの存在は慰めになるし、兄やんも、いつもそばにいてくれる祖母のことが好きらしかった。

夜道を歩きながら、キリコがぽつりと言った。

「昨日は逃げてごめんね。まさか見つかるとは思わなかったの」

ぼくも信じられなかった。祖母の世話をしているはずのキリコが、知らないビルで掃除をしているなんて。

「悪いことはできないわね」

軽く肩をすくめて笑ったキリコに、ぼくは言った。

「悪いことなんかじゃないよ」

笑っているきみが好きなのと同じで、ぼくはモップを持っているきみが好きだから。きみには、自分の好きなことをやっていてほしいから。

けれども、そのことばは、口に出すと逃げていきそうで、ぼくは口をつぐむ。

キリコは、小さく、うん、と頷いた。

ぼくは勇気を振り絞って、尋ねた。

「後悔していない？」

キリコは、不敵な笑みを浮かべた。

「してる」

「え？」

驚くぼくの目の前に、彼女の指が突きつけられた。

「わたしの作ったごはんは、ちゃんと食べなさい！」

ぼくは、降参のサインで、両手を上にあげた。

「すみませんでした」

「よろしい」

キリコは手を下ろして、そのままぼくの先を歩いていく。高く結い上げた髪が、リズミカルに揺れていて、それを見るだけで、ぼくは幸せな気持ちになる。

「なあ、キリコ」

「なあに？」

彼女が振り向く。

「会社の人たちに、もう言ってもいいだろう？」

「だーめ。式のときに、びっくりさせるの！」

そう、富永先輩も、二宮さんたちも、他の社員たちもみんな、ぼくの式に出て腰を抜かすだろう。

ぼくの隣で、ウエディングドレスを着て笑うキリコを見て。

実業之日本社文庫版のあとがき

この小説を書いた頃のことを、ときどき思い出します。まだデビューしてから五年くらいで、二十代で、自分が小説をプロとして書き続けられるかどうかもわからなかった。

当時のわたしは、歌舞伎界を舞台にしたミステリや、恋愛色の強いミステリを好んで書いて、そんな湿度の高い小説が、自分の作風だと思っていました。

何度もどこかで書いたことだけど、小説だけではまだ食べていけなかったから、清掃作業員のアルバイトをしていました。もちろん、その経験がこの小説を書くきっかけになったのは確かだけど、今思うとそれだけではないような気がするのです。

キリコちゃんは、ふわりとわたしのところに降りてきました。

おしゃれが大好きで、掃除が大好きな軽やかな女の子。そのキャラクターを思いつくと同時に、書きたいと思いました。これまでの湿度高めのミステリではなく、もっと軽妙なコージー風味の連作短編を。

自分に、こういうものが書けると気づかなかったら、もしかするとわたしは書き続けることができなかったかもしれません。

実を言うと、これまでの版（ノベルス、文春文庫版）とは、ひとつ結末を変えてあります。この結末のことは、ずっと気に掛かっていて、いつか手を入れ直したいなと思っていました。

これを書いたとき、わたしはまだ二十代の女性で、たぶん自分が社会を乗り切れるくらいには強いと思っていました。まあ、なんとかかんとか乗り切れたのですが、五十歳を目前にしてみると、それはわたしが強かったからではなく、ただ運がよかっただけだと思うのです。

運がよかっただけの人間が、強いふりをして、運の悪かった人を責めるのは無責任だと、この年になって気づきました。

二十年も経ってみると、他にも少し、今の感覚とはそぐわないところもあるけれど、そのあたりは、その時代の空気だと思っていただければ……。

特に、オペレータールームの皆様の、大介くんへの扱いは、今となってはいろいろ問題ですね。すみません。

普通は一度出た本に手を入れることは、なかなか難しいけれど、それができたのはこれまで、この小説を読んで、愛してくださった方々のおかげです。心から感謝します。

そう遠くない未来、またどこかで出会えれば幸せです。

二〇一八年十一月

近藤史恵

解説

青木千恵
（フリーライター、書評家）

清掃作業員というと、いわゆる〝掃除のおばちゃん〟と連想しがちだが、ビル清掃の仕事をする本書の主人公、キリコは、可愛《かわい》くて聡明な、とても魅力的な女の子である。

本書『天使はモップを持って』は、二〇〇三年に実業之日本社からノベルスで刊行され、二〇〇六年に文春文庫に収録された〈清掃人探偵・キリコ〉シリーズの一作目だ。

主人公のキリコは、夕方を過ぎるとビルに現れ、朝までひとりで全ての掃除をこなす清掃作業員だ。〈なんでも掃除の天才で、キリコちゃんが歩いたあとには、一ミクロンの塵《ちり》も落ちていないっていう噂よ〉——とのこと。年齢は十八歳くらい、赤茶色にブリーチした髪をきゅっとポニーテールにし、小柄でおしゃれで、〝掃除のおばちゃん〟のイメージとは程遠い。そんな彼女が、怪事件や悩みごとをクリーンに解決していく。

キュートな清掃人探偵、キリコが、この世に初めて登場した「オペレータールームの怪」は、実業之日本社の小説誌「週刊小説」（二〇〇一年に休刊）の一九九七年七月二十五日号に掲載された。その後、数年がかりで書かれた八話がまとめられてノベルスで刊行されると好評を博し、二〇一五年に最終話が発表されて完結するまで、じつに二十年近く書き継がれた大人気シリーズとなった。

最終巻の『モップの精は旅に出る』（二〇一六年）まで、シリーズ全五作が刊行済みである。今回、文藝春秋から出ていた一作目の文庫が、もともとの版元である実業之日本社に帰ってきた。二〇一〇年に実業之日本社文庫が創刊されて、キリコちゃんに新しい〝ホーム〟ができたためだ。

だからまずは、「おかえりなさい、キリコちゃん」と、言っておきたい。


本書には、キリコを主人公にした、八つの連作短編が収められている。八話を通した語り手は、過酷な就職活動を乗り越えて、なんとか会社員になった梶本大介《かじもとだいすけ》だ。新入社員の大介が配属された部署で、なぜか書類が相次いで紛失する「オペレータールームの怪」など、さまざまな事件が起こる。バラエティに富む八つのお話が詰め合わされた、チョコレートボックスのような楽しい短編集だ。キリコのあざやかな謎解きと、オフィスの人間模様とがサクサクと楽しめる。何しろ、好評を博して二十年近く書き継がれた人気シリーズの一作目だから、〈清掃人探偵・キリコ〉シリーズの原点となる魅力がぎゅっと集約された、優れた一冊であるのは間違いない。

今回、シリーズ一作目をあらためて読んで、驚かされたことがいくつもある。ノベルス刊行はいまから十五年前、一話目は二十年以上も前に書かれた作品なのに、いま読んでも古びていないのだ。題材も人間模様も生き生きとして、〝秒進分歩〟と言われるほど変化いちじるしい時代の中で違和感がない。いやむしろ、著者の近藤史恵さんの先見性と洞察力に唸《うな》る事柄が書かれている。ノベルス刊行から十五年を経た文庫化であるため、まずはこの「普遍性」に注目である。

本書では、社会人一年生の大介が遭遇するオフィスの怪事件を、清掃作業員のキリコが解き明かす。セクハラあり、マルチ商法ありと、一見平和に見えるオフィスにはいろんな〝火種〟がくすぶっている。大介が配属されたオペレータールームの社員は六人で、仕事に応じて派遣社員が何人か加わる。営業、庶務などの部署もあって、いろんな人が働いている。IT化が進み、タブレット端末だバージョンアップだと、外側は進化しているように見えても、人間そのものはあまり変わらなかったらしい。もしも、この二十年で職場が大きく変わっていたのなら、大介とキリコが働くビルの人間模様が古く感じられるのだろうが、割合、「いまもそのまま」だ。

逆に言えば、とあるオフィスビルを舞台に、頑固な汚れのようにはびこって簡単には拭えないもやっとした矛盾点や火種がさりげなく描き込まれているから、物語が古びていないのだ。〈だめだめ。うちの会社は旧体制なんだから。セクハラも仕事の潤滑油くらいにしか考えていないわよ〉という女性社員のセリフが本書にある。どこかおかしい、世の中の矛盾点を物語に記していた、著者の慧眼《けいがん》に唸るのである。セクハラに関しては、今年（二〇一八年）、被害者の勇気ある告発によって、要職に就いて権力を振るえる立場にあった人たちの行状が、これでもかというくらい明るみに出た現実は、周知のとおりだ。

もうひとつ、主人公キリコのとびきりのキュートさも、このシリーズを普遍化させている。突き抜けた個性を持つシャーロック・ホームズが、ワトソンとコンビを組んで活躍するシリーズが時を超えて愛されているように、〈清掃人探偵・キリコ〉シリーズも、キリコのキュートな個性と謎解き、心優しい大介とのコンビが心地よく、ファンを楽しませる。個性的な主人公が謎を解き明かす、ミステリーの王道が押さえられている。

夜になるとビルに現れ、せっせと掃除をするキリコは、一般的な暮らしとは少し離れたところにいる。

〈「キリコは、あのふたりのことは全く知らないんだろう?」

「知らない。でもね、掃除をやっていれば見えるものもあるのよ」

彼女は台車を押す手を止めた。

「だれも掃除をしている人なんて存在しないと思っているからね」〉

それこそ「天使」のように人の目に入らない存在だからこそ、人が知らずにいる部分にキリコは気づく。そして一作目以降、「天使」のキリコは「魔女」になったり、「精」になったりする。シリーズを通した主人公の変化も読みどころだ。


そんなキリコを創造した著者の近藤史恵さんは、一九九三年に作家デビューし、四半世紀にわたって活躍する人気作家だ。学生時代は劇団に所属し、社会人になって演劇をやめると手持ち無沙汰な状態になり、それで初めて書いた長編でデビューした。歌舞伎や自転車ロードレースなど、作品の題材を見ても好奇心と探究心に満ちた方だと思う。私は二〇一〇年の『砂漠の悪魔』刊行時にインタビューをさせていただいたことがある。学生時代の旅の記憶も用いて書かれた、スケールの大きい青春ロードノベルだった。その際、近藤さんからこんな言葉を聞いた（媒体が新聞で記事が短いため、取材記録より）。

〈小説を書く作業は、箱庭遊びのような感じです。箱庭の中で起こることを文章にしていく段階で、いろんな現実的な判断が働いて世の中の風が吹いて、自分でも思っていなかったところに行く感じがある。書くことと妄想との間に何かがあるんですね。それで、書いてしまうと予想と違うものが自分の内側と外側から出てくるのが面白いんです〉

第十回大藪春彦《おおやぶはるひこ》賞を受け、二〇〇八年の本屋大賞第二位に輝いた『サクリファイス』がブレーク作として知られるが、作家として手応えを摑んだのは〈猿若《さるわか》町捕物帳〉シリーズだったという。何もかも全く知らないところを一から調べて時代物が書けたとき、作家としてやっていけるかなと思えたそうだ。これまで書かれてきた作品のバラエティの豊かさは、近藤さんのチャレンジ精神のたまものだ。〈清掃人探偵・キリコ〉シリーズは、そんな近藤さんの、オリジナルの「目」が冴えわたる大人気シリーズの一つ。清掃作業員としてキリコが働き、いろんな人々がいろんな思いを抱えて過ごしているビルは、物語が生まれる「箱庭」なのだと思う。

一見平和に見えるオフィスは、いろんな感情を持つ人々が集い、悲喜こもごもを味わっている場所だ。近藤さんが作り出す物語には、事件や謎解きだけでなく、いろんな人物がいるからこそ生まれる情感がある。ほろりとしたり、むっとしたり、事件にかかわる人々は長所も短所も弱さも抱えている。主人公のキリコも悩んだりして、完全無欠のヒロインではない。でも、完璧に正しい人間なんているだろうか？

不完全な人同士で織りなされる人間関係では、軽く払えば済む、楽にスルーできる塵や埃《ほこり》のような汚れと、頑固にこびりつく、深い傷のような深刻な汚れとがある。セクハラやいじめなどのハラスメントで、傷つける側は傷まないから忘れてしまうが、傷つけられた側にはずっと、傷や汚れが残される。

どの人も、大なり小なり、傷や悩みを抱えて生きているのではないだろうか。本書でキリコが事件の謎を解くとき、読者は心の中のわだかまりが解されていくのを感じるだろう。日頃の人間関係のもやもやが少しでも拭われて、スッキリする。ひとつの物語が閉じるとき、じんわりしたものが残る。

ということで、謎解きや人間模様やストーリーが楽しめて、気持ちをスッキリお掃除してくれる〈清掃人探偵・キリコ〉シリーズは、二十年を経てますます魅力的なシリーズなのだ。シリーズ五作を通して少しだけ年をとったキリコは、今も世界のどこかにいる。旅をしている。

外側の変化が激しくとも、人間そのものは早急には変わらない。謎は解けても事態は収拾されない世知辛い話もあるが、謎が解き明かされるスッキリ感、エンターテインメント小説の楽しさが、よくなる未来があると感じさせてくれる。本書には、心強い励ましの言葉や、はっと気づかされる言葉がたくさんちりばめられている。楽しくて頼もしい読者の味方だ。だから、シリーズを送り出した実業之日本社の文庫に一作目が収録されるのに際して、こう言いたい。

おかえりなさい、キリコちゃん。

本作品は、二〇〇三年三月に実業之日本社ジョイ・ノベルスより刊行されました。その後二〇〇六年六月に文春文庫より文庫化されました。実業之日本社文庫版の刊行にあたっては、文春文庫版を底本とし、一部加筆修正を行いました。

本作品はフィクションです。実在の人物や団体とは一切関係ありません。（編集部）

文日実
庫本業 こ34
社之

天使《てんし》はモップを持《も》って

2018年12月15日　初版第1刷発行

著　者　近藤史恵《こんどうふみえ》

発行者　岩野裕一
発行所　株式会社実業之日本社
〒107-0062　東京都港区南青山5-4-30
CoSTUME NATIONAL Aoyama Complex 2F
電話［編集］03(6809)0473［販売］03(6809)0495
ホームページ　http://www.j-n.co.jp/
DTP　ラッシュ
印刷所　大日本印刷株式会社
製本所　大日本印刷株式会社

フォーマットデザイン　鈴木正道（Suzuki Design）

ISBN978-4-408-55447-1（第二文芸）